Mit Dank an meinen Freund D.M.K.
Er gab mir wichtige Anstöße zu diesem Buch.

Umberto Bellini

Besenkammer

Die Geschichte von Denis und Anja

Von Umberto Bellini erschienen im Verlag Bastei-Lübbe folgende Venedig-Romane: „Venezianisches Labyrinth", „Ciao, Casanova", „Der Engel von San Marco", „Arrivederci Venezia". Internet: www.umberto-bellini.de

Lektorat: Cornelia Wanke. Herstellung: Books on Demand GmbH, Norderstedt. ISBN 3-8311-4754-X

1. Kapitel

Wieder einmal war es Freitagnachmittag, jede Woche schien das ein wenig schneller zu gehen. Marc und Anja kokettierten mit ihrem Wochenendfrust, weswegen beide inzwischen dezent angetrunken waren. Dabei hätten sie es eigentlich ganz gut miteinander haben können in seinem Apartment. Mit dem Kiosk gleich um die Ecke und ausreichend Parkplatz vor dem Haus. Müllschlucker sowieso. Eigentlich schon.

„Unsere Miete ist längst fällig", sagte Marc vorwurfsvoll laut. „Wir fliegen hier bald raus." Er stand am offenen Fenster und schaute lustlos hinüber zur Grünanlage, wo ein Penner in der Sonne lag und schlief. Auf den angrenzenden Tennisplätzen bemühten sich alternde Freiberufler, die den Aufstieg in die Golfklasse nicht geschafft hatten, um ein wenig Bewegung. In der Ferne brodelte der Feierabendverkehr.

Ich lebe wie hinter einer hohen Mauer, dachte Marc. Von allen Segnungen des Wohlstands bin ich ausgeschlossen. Wenn nicht bald eine Wende kommt, eine mit blühenden Landschaften, dann kann ich mich zu dem Penner da unten legen.

„Es ist nicht *unsere* Miete", korrigierte ihn Anja, „sondern ausschließlich *deine!*" Es war schwül im Zimmer. Sie räkelte provozierend nackt auf dem Bett herum, blätterte in einem Journal und überlegte gerade, wen sie übers Handy anrufen könnte. In den beiden Fernsehern, die links und rechts neben dem Bett auf dem Fußboden standen, lief ein Film über aussterbende Tierarten.

„Du wohnst seit Monaten bei mir", sagte Marc. „Also ist es auch deine Miete."

„Quatsch nicht immer nur von Kohle, Geld macht sowieso nicht glücklich, im Gegenteil. Das weiß jeder."

„Wie, Geld macht nicht glücklich? Das ist ein dummer Spruch, mit dem sich die Besitzlosen trösten. Und falls unser Unglück wirklich unvermeidbar sein sollte, dann möchte ich es wenigstens finanziell gut abgesichert genießen."

„Geld bedeutet mir nichts, basta!", entschied Anja.

„Deshalb bist du ja auch ständig pleite", belehrte Marc seine Freundin. „Geld kommt nur zu denjenigen, die es wirklich lieben. Alle Reichen lieben ihr Geld, deshalb haben sie es auch. Kürzlich fiel mir im Kaufhaus eine Frau auf, ich glaube, sie kam aus Indien. An der Kasse mußte sie einen ziemlich hohen Geldbetrag hinblättern. Jeden Schein, von dem sie sich trennte, küßte sie auf beide Seiten. Ich erkundigte mich natürlich nach dem Grund dafür. Sie antwortete: „Jeder Geldschein, von dem ein Mensch liebevoll Abschied nimmt, kommt gern zu ihm zurück. Das ist Magie!"

„Wenn du mir jetzt einen Stapel Fünfhunderter gibst, dann werde ich sie alle nacheinander abknutschen. Von beiden Seiten. Aber du hast nicht mal einen einzigen Hunderter. Das ist Fakt. Darum schweige bitte und sei ab sofort anspruchslos glücklich, denn ich habe auch ein Herz für Versager, jedenfalls noch", sagte Anja.

„Liebe geht vor allem durch den Magen", gab Marc zu bedenken. „Unser Kühlschrank ist leer. Schau bitte selbst hinein."

„Schatz, das Thema langweilt mich! Du bekommst jeden Monat einen ansehnlichen Scheck von deinem Vater, stimmt's? Wenn du annähernd so gut mit Geld umgehen könntest wie ich, dann hätten wir keine Probleme. Es würde allemal für mich mit reichen. Aber du verplemperst zu viel für idiotische Dinge."

„Zum Beispiel?"

„Vorgestern hast du dir einen Bildband über Saurier gekauft, für fast fünfzig Euro. Das muß man sich vorstellen: ein Bildband über Tiere, die es gar nicht mehr gibt! Wenn es wenigstens ein Buch über Rehe oder Fliegen gewesen wäre, das hätte Sinn gemacht, denn die gibt's nach wie vor. Aber nein, es mußten unbedingt Saurier sein. Abstoßende, unsensible Tiere. Gott sei Dank, daß man denen nicht mehr begegnen muß."

„Und du hast dir von meinem Geld, das eigentlich für die Miete gedacht war, so einen blöden Aluminiumroller gekauft. Jetzt liegt er hier irgendwo herum, weil du inzwischen kapiert hast, daß man absolut nichts damit anfangen kann. Morgen kloppe ich ihn in die Ökotonne."

„Wehe dir!", warnte Anja. Sie stand auf, goß beiden Rotwein nach, leicht schwankend, kratzte sich mit Hingabe am Po, schob eine andere CD in den Player und begann damit, ihre Fußnägel zu lackieren. Zwischendurch blätterte sie wieder in dem Journal. „Die Menschheit hat noch einmal verdammtes Glück gehabt", stellte sie nach einer Weile fest. „Ich lese gerade, daß kürzlich ein riesiger Asteroid in geringer Entfernung an der Erde vorbeigerast sein soll."

„Ich habe keinen Asteroiden gesehen, nur den Rettungshubschrauber. – Also, wie soll es nun weitergehen mit uns? Laß dir endlich etwas dazu einfallen! Wir brauchen keine Seifenblasen, sondern eine Illusion zum Anfassen."

„Es geht nach wie vor um *deine* Miete, Marc. So viel Ehrlichkeit sollte zwischen uns sein. Tragfähige Beziehungen brauchen Aufrichtigkeit, sonst geht die Sache schief. Sieh dir deine Eltern an oder meine, die haben es auch nicht gerafft."

„Rede du mir nicht von tragfähigen Beziehungen", giftete Marc. „Du kannst nicht einmal eßbare Salzkartoffeln auf den Tisch bringen. Dabei sind Kartoffeln die Grundlage für jede Partnerschaft. Überhaupt bist du eine Küchennull. Das heiße Wasser für den Pulverkaffee würdest du am liebsten vom Supermarkt aus der Tiefkühltruhe holen. Stimmt's?"

„Falls du weiter in diesem Ton mit mir redest, ziehe ich aus. Es gibt reichere Frauen als mich. Das wäre doch eine Lösung, oder?"

„Nein, bleibe bitte. Wir sind beide Versager, deshalb gehören wir zusammen."

„Unsinn, nur du hast versagt", fuhr sie ihn an. „Weil du keine glaubhafte Lebensperspektive entwickeln kannst, ziehst du mich gleich mit in den Abgrund. Früher wolltest du mal Tennisstar werden, dann Tauchlehrer und zuletzt Pharmavertreter. Nichts von allem hat geklappt. Logisch, daß Versagern wie dir nur noch die Flucht zur Uni bleibt. Oder in die Politik, das wär's überhaupt! Versuch es doch mal bei der UNO. Oder bei Greenpeace. Oder bei einer Gewerkschaft. Im Grunde ist es vollkommen egal, bei wem du dich hochmogelst. Alle suchen sie ständig nach Leuten mit Weit- und Durchblick."

Marc wollte sich wehren obwohl er wußte, daß er damit keine Chance bei Anja haben würde. Bevor er einige Argumente zu seiner Verteidigung herausbringen konnte, führte sie bereits wieder das Wort.

„Meine Zukunft scheint dir völlig schnuppe zu sein. Denkst du etwa, ich möchte den Rest meines Lebens in einem Plattenbau absitzen, wo es im Treppenhaus nach Pizza und Rheumasalbe riecht? Anstatt in unsere Beziehung zu investieren, ödest du nun schon seit Wochen auf der Uni herum und studierst ausgerechnet Philosophie. Nimm dir das Leben, wenn du nichts Vernünftigeres damit anzufangen weißt. – Was macht ein Philosoph eigentlich?"

„Er denkt nach", antwortete Marc trotzig.

„Das tue ich auch. Müßte ich deswegen extra auf die Uni gehen?"

Marc nahm einen kräftigen Schluck vom Rotwein und erklärte wichtigtuerisch: „Ein Philosoph denkt natürlich völlig anders nach als du!"

„Wie anders?"

„Vor allem", Marc zögerte, „geht es ihm wohl um die Frage, was den Menschen als Menschen auszeichnet."

„Total spannend, bitte mehr davon!"

„Die Dadaisten zum Beispiel", erläuterte Marc, „drückten es so aus: Ein Mensch ist ein Mensch ist ein Mensch. Einfacher kann es niemand sagen. Oder?"

„Klingt irgendwie logisch aber ziemlich bescheuert. Ist den Philosophen sonst nichts zum Menschen eingefallen?"

„Und ob!", Marc grinste. „Ein Franzose, er hieß Descartes, erkannte schon vor Jahrhunderten: Coitus, ergo sum! Das ist lateinisch und heißt soviel wie: Ich bumse – also bin ich! Nach seiner Meinung definiert sich das Menschsein über die Sexualität."

„Alle Achtung, der Junge war ja schon damals ganz schön weit im Denken. Andererseits", wandte Anja ein, „Tiere vögeln schließlich auch. Schweine zum Beispiel, habe ich mal gehört. Oder?"

„Stimmt, aber die vögeln anders. Auf jeden Fall viel unmenschlicher. Und genau das macht sie zum Tier", belehrte sie Marc.

„Hm – Philosophie scheint nicht voll uninteressant zu sein", meinte Anja.

„Ist wirklich total interessant", bekräftigte er. „Wie du siehst, geht es um Werte an sich. Um grundsätzliche, existentielle Fragen."

„Gratuliere, dann bist du echt bei der richtigen Fakultät!", spottete sie. „Überlege dir bitte gleich mal, wie du deine Miete auftreiben könntest. Das wäre doch eine existentielle Frage. Stimmt's?"

Marc zeigte wenig Bereitschaft, das Gespräch zu vertiefen und empfahl: "Mach dir bitte eigene Gedanken zu diesem heiklen Thema."

„Nachdenken ist absolute Zeitverschwendung", behauptete Anja. „Es führt zu nichts."

„Irrtum, mein Schatz", widersprach ihr Marc! „Mein Onkel Rudolf hat nachweislich in seinem ganzen Leben niemals nachgedacht. Trotzdem ist er glücklich alt geworden und fröhlich gestorben. Eine Gräfin hat ihn sogar noch geheiratet."

„Das war ein Einzelschicksal, es überzeugt mich nicht", wehrte Anja ab. „Selbst Sokrates ist am Denken gescheitert, wie jeder weiß."

„Was weißt du denn über Sokrates?" Marcs Stimme klang gereizt.

„War er es nicht, der am Ende seines Denkerlebens bekennen mußte: Ich weiß, daß ich nichts weiß? Obwohl er ständig nachgedacht hat. Angeblich. Ein erschütterndes Ergebnis! Politiker sind da viel klüger. Sie denken kaum nach, sie handeln einfach. Allein darauf kommt es im Leben an. Handeln!"

„Stimmt irgendwo. Trotzdem bewundere ich Sokrates."

Längeres Schweigen. Anja überprüfte das Aussehen ihrer frisch gelackten Nägel, Marc versuchte vergeblich, aus der inzwischen geleerten Flasche nochmals nachzuschenken. Dann, nachdem Anja einen Schluckauf erfolgreich unterdrückt hatte, wollte sie von ihm wissen: „Angenommen, mein Schatz, du würdest es tatsächlich schaffen mit dem Studium: was wärst du dann eigentlich?"

„Magister der Philosophie."

„Klingt ziemlich altmodisch. Und bei wem könntest du dann einen Job bekommen?"

„Schwer zu sagen", bekannte Marc ohne Mut. „Mit viel Glück könnte ich vielleicht später Professor werden und dann neue Philosophen ausbilden. Die werden praktisch immer gebraucht."

„Das klingt absolut vernünftig", meinte sie. „Soll ich dir sagen, was mir dazu einfällt?"

„Sprich es aus!"

11

„Ich muß gerade an eine Kuh denken, die nur deshalb 20 Liter Milch am Tag produziert, damit sie den vollen Eimer anschließend selbst wieder aussaufen kann. Das nenne ich einen geschlossenen Wirtschaftskreislauf. Genial!" Beide lachten, bis ihnen schwindelig wurde. Anschließend fragte Anja: „Hey, was weiß mein Philosoph denn zum Thema Glück zu sagen? Ich wäre so gerne glücklich und das möglichst schnell. Also?"

„Glück ist die Abwesenheit von Unglück!", belehrte sie Marc. Beide fanden diese Antwort so bedeutsam, daß sie still darüber nachdachten und dabei ein wenig einnickten. Nachdem sie wieder aufgewacht waren, schnitt Anja ohne Vorwarnung eines ihrer Lieblingsthemen an. „Wie geht es eigentlich deiner Tante?", fragte sie. „Ich meine die mit den drei Häusern, nicht die andere mit der Sozialrente."

„Ich ahne, was du gerade denkst", meinte Marc ärgerlich. „Aber da läuft vorerst nichts. Will einer erben, muß einer sterben! Das ist ein Lebensgesetz. Um auf den Punkt zu kommen: Es geht ihr nach wie vor erschreckend gut, obwohl sie jede Woche zweimal zum Arzt rennt. Aber es gibt nun mal Naturen wie sie, die selbst unseren Medizinern trotzen können. Die halten das aus. Die ist eben total widerstandsfähig. Ich liebe sie übrigens. Sie ist irre nett, spielt Querflöte, trägt Bernsteinketten und hat jede Menge Kohle auf der Sparkasse."

Marc wandte sich vom Fenster ab, ging zu Anja und zog ihr das Journal weg. „Nicht einmal in Ruhe lesen darf man hier", protestierte sie. „Dieser Typ raubt mir einfach meine Lieblingslektüre."

„Ätzend, dieser feminine Egoismus von dir", schimpfte er zurück. „Du lackierst deine Krallen, glotzt nebenbei in den Kasten, hörst gleichzeitig diese abartige CD, quasselst ununterbrochen auf mich ein und beanspruchst dann auch noch die Illustrierte für dich." Marc zog sich mit seiner Beute in eine Ecke zurück und begann zu lesen. Anja telefonierte unterdessen mit ihrer Freundin Babs. Die arbeitete in einem Friseursalon, jedenfalls noch, denn eigentlich wollte sie längst beim Fernsehen sein. Als Moderatorin einer Talkshow, das war ihr Anspruch. Weil das bisher nicht geklappt hatte spielte sie mit dem Gedanken, sich notfalls als Altenpflegerin umschulen zu lassen. Weil sie schon immer irgendetwas im Sozialbereich machen wollte. Mit Menschen und so.

Später, es dämmerte bereits, wärmte Marc das Thema mit der Miete erneut auf. „Laß uns jetzt bitte mal ganz in Ruhe darüber diskutieren, wie Geld ins Haus kommt. Möglichst schnell, möglichst viel."

„Und möglichst für immer!", ergänzte Anja.

„Richtig", stimmte er ihr zu. „Bei unseren Überlegungen sollten wir jedoch nicht an konventionelle Erwerbsmethoden denken, also keinesfalls an regelmäßige Arbeit. Durch so etwas kann der Mensch höchstens krank und depressiv werden, aber niemals reich."

„So ist es", bestätigte Anja. „Schlage mir etwas Sinnvolles vor. Ich entscheide dann, ob das zu machen ist. Du hast eh keine Antenne für Realitäten, sonst hättest du mich nämlich längst rausgeschmissen."

„Ich liebe dich, hast du es immer noch nicht kapiert? Echte Liebe fragt nicht nach Profit."

„Ich flehe dich an, denk jetzt bitte endlich einmal ultimativ nach, selbst wenn dir dabei tierisch übel werden sollte. Lieben kannst du mich später, nachdem dir etwas Machbares eingefallen ist."

„Schon gut", sagte Marc und tapste wieder zum Fenster. Er war ebenfalls nackt. Draußen fiel Regen, dünnsträhnig und leise. Die Luft schmeckte frisch und rein, wie aus der Waschmaschine. Der Penner war verschwunden.

„Ich kenne einen Typen, Chemiker oder so", schwärmte Marc, „der macht gerade eine irre Erfindung ..."

„Was bitte erfindet er gerade?"

„Ich glaube er hat herausgefunden, wie man aus Sondermüll Biokekse herstellen kann. Er hofft auf EU-Gelder für sein Projekt und sucht gerade einen Partner, der mitmacht."

„Du spinnst total", entschied Anja. „Typisch für Philosophen. Was fällt dir sonst noch an Absurditäten ein?"

„Am besten", meinte Marc dann, „wir gründen eine Ich-AG. Das schafft uns zwei sichere Arbeitsplätze. Ich bin die AG, du wirst Aufsichtsratsvorsitzende."

„Genial, aber trotzdem abgelehnt."

„Warum?"

„Weil ich an Visionen unserer Politiker nicht glauben kann. Im Osten sollten auch einmal blühende Landschaften entstehen. Überlege bitte, warum ich da abgehauen bin? Etwa weil ich unter einer Blütenpollenallergie leide?"

„Ist was dran", bestätigte Marc und schwärmte: „In einer Illustrierten habe ich kürzlich

14

ganz gute Anregungen gefunden. Wie wäre es, wenn wir einen Coffeeshop aufmachen, hey? Oder einer von uns wird Rapper, Raver oder Hiphopper. Was hältst du denn davon?"

„Abgelehnt. Ausgerechnet du als so ein Typ?" Anja kreischte vor Vergnügen. „Du hast es bereits jetzt im Rücken und in den Knien. Wie willst du dann ständig in der Luft herumhampeln? Schlaff, schlaff! Überlege bitte ganz schnell weiter!"

„Man müßt eine vollkommen neue Idee haben, darauf allein kommt es an. Wer alt denkt, der sieht am Ende auch alt aus."

„Hab' endlich eine vollkommen neue Idee!" Anja zog das Bettlaken über ihre Schultern, denn es war kühl im Raum geworden.

„Ich las hier gerade etwas Interessantes über eine gewisse Ariane. Die nennt sich Glamour-Girl, ist erst 23 und schon seit Jahren berühmt. Jeder in der Szene kennt sie. Die hat es gepackt."

„Ich habe von ihr gehört. Wie schaffte sie das noch?"

„Total easy. Sie hat sich in eine Badewanne voll Mousse-au-chocolat gesetzt, nackt natürlich, und dann die Fotografen von der Boulevardpresse bestellt. Ihr Bild erschien in allen wichtigen Zeitungen. Seitdem ist sie aus dem Schneider."

„Eine solche Schmiererei kommt für mich nicht in Frage", entschied Anja lallend. „Außerdem haben wir keine Badewanne. Willst du etwa Mousse-au-chocolat durch deine simple Handdusche pressen?"

„Natürlich nicht, wir müssen uns eben etwas anderes einfallen lassen. Die Grundidee dieser Ariane war jedoch keineswegs schlecht, sonst hätte sie keinen

Erfolg damit gehabt. Wir müßten sie einfach nur etwas abwandeln."

„Wandle ab, geliebter Versager!"

Unruhig umhergehend dachte Marc nach. Angestrengt und so effektiv, wie das in seinem sanften Rausch noch möglich war. Schließlich schlug er vor: „Wie wäre es, wenn du dich in eine große Schüssel mit Heringssalat setzen würdest, selbstverständlich ebenfalls nackt, denn sonst würde das niemanden interessieren. Ich kümmere mich um möglichst viele Fotografen, die erforderliche Schüssel könnte ich mir jederzeit borgen."

„Aber nicht den Heringssalat", wandte Anja ein. „Den leiht uns niemand, wir müßten ihn kaufen. Fisch ist bekanntlich teuer, besonders jetzt, weil niemand mehr Rindfleisch essen mag. Für Fisch haben wir jedoch kein Geld im Haus. Somit wären wir zum Ausgangspunkt unserer Überlegungen zurückgekehrt."

Sie hat Recht, dachte Marc und sah aus dem Fenster. Kein Regen mehr draußen, es dämmerte. Die Dunstglocke über der Stadt reflektierte das Lichtermeer der nahen City. Der Verkehr tobte, die Stadt drohte sich vor Lebensgier zu verschlucken. Im ganzen Haus dagegen Stille, jedenfalls noch. Jeden Moment nämlich könnte diese entsetzliche Frau Molthan in der Wohnung unter ihnen aktiv werden. Sie würde dann wieder, wie immer um diese Zeit, stundenlang sämtliche Türen knallen und ihren vor Jahren verstorbenen Mann stimmgewaltig beschimpfen. In einem ländlichen Dialekt, den niemand verstand.

„Komm jetzt einfach mal rüber zu mir in meine Kuschelecke", lockte Anja ihren Freund aus dem

Halbdunkel heraus. „Ich tue dir auch nichts weiter", versprach sie.

„Wie, schon wieder?", versuchte Marc ihre Begehrlichkeit abzuwehren. „Es ist doch erst ein paar Stunden her, seit du mir nichts getan hast."

„Stell dich nicht an", meinte sie. „Man kann es mit der Enthaltsamkeit auch übertreiben." Marc wurde schwach, kroch zu ihr unter das Laken. „Nun gut", meinte er. „Tun wir es. Man schläft danach besser." Sie befriedigten sich hastig und ohne große Lust.

Als sie wieder aufwachten, war es längst Nacht geworden. Anja überprüfte ihre Befindlichkeit und meinte dann: „Komm, jetzt ganz schnell auf die Füße mit dir, ziehen wir uns an! Es ist ziemlich spät, also höchste Zeit dafür, endlich etwas aus diesem Tag zu machen." Kurz darauf landeten sie im *Monaco*, ihrem Lieblingslokal. Nur wenige Schritte um die Ecke. Zwar war das alles andere als ein preiswerter Laden, aber Marc kannte die Wirtin Uschi gut und konnte daher anschreiben lassen.

Im *Monaco* trafen sich vor allem Leute, auf die es wirklich ankam. Modefriseur Walter Schmaltz zum Beispiel, der drei Salons, eine inzwischen illegale, allerliebste Kampfhündin namens Rita besaß sowie einen Jaguar. Als einziger in der Stadt wußte er angeblich, ob der Kanzler gefärbte Haare hatte oder nicht. Im Hauptberuf war Schmaltz Diabetiker, wie er es auszudrücken pflegte.

Außer Schmaltz saßen wieder jede Menge wichtige Leute herum. Von den Medien und Sportler selbstverständlich, denen ihr Adrenalin aus den Muskelpaketen tropfte. Selbst der Tennischampion Denis Schalck kam hier gelegentlich vorbei, wenn gerade ein Open in der Stadt lief oder die Düsen seines Privatjets mal wieder die Luft einer Metropole schnuppern wollten. Auch mutmaßliche CIA-Agenten zählten zu den Stammgästen, sowie ehemalige Stasischnüffler und Politiker. Keineswegs nur Hinterbänkler. Natürlich fehlte es nicht an auf- und verblühenden Frauen. Vor allem Besitzerinnen von gerade eröffneten oder kürzlich geschlossenen Boutiquen suchten hier nach potenten Geldgebern und der definitiv dauerhaften Distanzbeziehung. Nicht zu vergessen jene magersüchtigen, auf Plateausohlen hochgebockten Shootingstars und Sternchen, mit denen die privaten Anbieter rund um die Uhr ihre TV-Kanäle verstopften, sowie früh erloschenen Bildschirmsonnen, die im Szenejargon als Schwarze Löcher gehandelt wurden.

Neben Lichtgestalten dieser Art traf man im *Monaco* auch auf ganz normale Leute aus dem Viertel. Zum Beispiel erschien Freise, ein Priester, fast jeden Abend und leerte eine Flasche Jack Daniel's, weil er nicht mehr an Gott glauben konnte. „Ich befürchte", pflegte er gelegentlich zu sagen, „Gott ahnt auch, daß es ihn nicht gibt."

Freise war ein Langzeitdepressiver. Nach seiner bevorstehenden Pensionierung wollte er aus der Kirche austreten. Denn die Amtskirche, so seine Überzeugung, habe vor lauter Bürokratie und Spendensammelei nichts mehr mit ihrem seelsorgerischen Auftrag zu tun. Das Zölibat fand er dagegen in Ordnung. Weil es sonst noch mehr unglückliche Ehen geben würde, argumentierte er. Stammgäste kannten Freise unter dem Spitznamen *Gewissen*, weil er zum Moralisieren neigte und ständig in irgendwelchen

Mißständen herumstocherte, wie manche Leute in ihren unplombierten Zahnlöchern.

Auch Armin, der arbeitslose Physiker, kam regelmäßig. Stets extrem gut aufgelegt, obwohl er seine gesamten Ersparnisse an der Börse verloren hatte. Er war davon ausgegangen, das sei alles ein nettes Gesellschaftsspiel. Etwa wie Halma oder Doppelkopf. Einer von diesen „Hey, das Leben ist einfach" – Typen. Stets mit Viagra in der Tasche, ausreichend für vier Wochen Fremdgehen. Aber selten in Begleitung einer Frau.

Und *Puff Dandy* natürlich, angeblich Liberianer. Ein echter Multimillionär mit großem Einfluß. Aus Gründen, die niemand hinterfragen mochte. Gelegentlich prahlte er damit, Besitzer einer Großwäscherei für Schwarzgeld zu sein. Der Standort Deutschland sei hervorragend, nach wie vor. Weil es hier das beste Waschpulver gäbe. Und, im internationalen Vergleich betrachtet, die mit Abstand humansten Haftbedingungen. Falls mal etwas schiefgehen sollte. Das müsse man zugeben. Eine gelegentliche Auszeit im Knast sei ohnehin nicht das Schlechteste. Man könne mal wieder in Ruhe zu sich selbst finden. Vor allem dieses Gefühl von Sicherheit und Geborgenheit sei einmalig: Rund um die Uhr bewacht zu werden, wer könne sich das normalerweise schon leisten? Nach derartigen Bemerkungen pflegte er lachend sein prächtiges Gebiß zu präsentieren.

Im Moment saß ihm angeblich die Justiz im Nacken. Einen versuchten Totschlag und mehr wollte man dem Burschen anhängen. „Nur weil ich Ausländer bin", pflegte er zu behaupten. „Fremdenhaß, nichts als Bullshit! Deutsche sind nun mal so." Die

Hauptverhandlung stand kurz bevor, eigentlich sah es ganz gut aus für *Puff Dandy*. Denn zwei wichtige Belastungszeugen waren seit Tagen spurlos verschwunden, einfach abgetaucht. An ihrer Stelle hatten sich gleich vier neue Entlastungszeugen gemeldet. Auf deren Falschaussage war *Puff Dandy* auch dringend angewiesen, denn vor Jahren hatte er sich eine Verurteilung auf Bewährung eingehandelt, weil er sich zwei Tage lang in seinem Hotelzimmer mit einem Haufen Koks und einer rheinischen Schönheitskönigin vergnügte.

Marc und Anja gingen an die Bar, wo beliebige Leute der Bussigesellschaft herumdrängelten. Sie diskutierten über einen verschossenen Elfmeter und über die Situation nach der Wahl, die eigentlich seit Monaten Geschichte war. „Die Ökos wären dicke über 10 Prozent gekommen, wenn sie sich offensiv für vierspurige Fahrradwege zwischen Dresden und Düsseldorf engagiert hätten", lästerte Uschi, die eigentlich unpolitisch war.

Ein Goldkettchenträger mit fettiger Frisur, der mehrfach an Anja vorbeischabte, er galt als ein überzeugter Anhänger des Amüsierfaschismus, zeigte sich äußerst zufrieden mit dem Endergebnis. „Immerhin ist deutlich geworden", erläuterte er, „daß wir Deutschen ein Herz für Versager haben. Wir lassen doch unsere Volksvertreter nicht kaltherzig im Regen stehen, nur weil sie vier Jahre lang nichts zustande gebracht haben. Was lernen wir daraus? Das Leben belohnt gelegentlich auch die Erfolglosen. Das macht mir Mut! Außerdem, die Strategie der ruhigen Hand fand ich total in Ordnung. Politiker, die nicht handeln, können auch nichts falsch machen. Kriegen auch keinen Tennisarm."

„Ich finde, die haben ganz schön was bewegt", meinte eine alleinerziehende Endzwanzigerin. „Nach vier Jahren Regierungskoma eine Wahl ohne Wahlprogramm zu gewinnen, allein mit Sympathiewerten, das nenne ich Leistung! Es hat sich irgendwo gelohnt, Freunde. Immerhin kommt auch endlich das Dosenpfand, und es gibt die Schwulenehe! Super. Wow, ich krieg 'nen Sprung in meiner Psyche!", kreischte sie vor Vergnügen. „Unser Oberbürgermeister könnte jederzeit standesamtlich heiraten. Gesellschaft im Wandel, na toll! Jetzt warte ich nur noch darauf, daß auch eheähnliche Verbindungen zwischen Mensch und Haustier legalisiert werden. Wo wir Deutschen doch so tierlieb sind. Die Gleichstellung von Mensch-Tier-Partnerschaften in der Gesellschaft – das wär's doch! Hunde, Katzen, Zierfische und Wellensittiche dürften dann nicht weiterhin als Randgruppen diskriminiert werden. Hätten Anspruch auf Rente. Mit einer solchen Forderung könnten der linke Flügel der Grünen und neoliberale Sozis endlich mal wieder Profil gewinnen. Falls es da zu einem entsprechenden Gesetz käme, würde meine Tante Regina ihren Dackel Waldi sofort aufs Standesamt zerren!"

„Zynikerin", schimpfte die Wirtin.

„Sie hat Recht", meinte das *Gewissen*. „Die Dinge so zu sehen, wie sie nun mal sind, das ist kein Zynismus. Und um nochmals auf die Wahlen zurückzukommen, es war absurdes Theater! Die Deutschen wollten zwar eine neue Regierung, aber keine andere. Das nenne ich Reformstau von unten. Typisch. Und noch etwas: So paradox es klingen mag, ohne das

Hochwasser im Osten wäre die Koalition baden gegangen. Katastrophen als Wahlhelfer – irrsinnig komisch! Außerdem", spottete er, „hat sich wieder einmal gezeigt, wieviel Ausländerhaß es noch immer bei
uns gibt. Viele wollten nun mal keinen Bayern wäh-
len!" Gelächter.

„Unser Kanzler ist ja total in Ordnung, immer
schicke Klamotten und so", bekannte Armin. „Aber
sein Püntelfütz, oder wie der Typ heißt, der geht mir
auf den Geist! Ich meine diese linksrheinische Frohnatur mit der naßforsch schnarrenden Stimme, den der
Kanzler immer vor die Kameras schickt, damit er uns
amtlich vorlügt, daß wir kurz vor einem Aufschwung
stehen: Den kann ich auf den Tod nicht ausstehen!
Überhaupt laufen da oben nur überbezahlte Laien-
schauspieler herum die versuchen, großes Theater zu
machen. Man könnte sie allenfalls für eine Wander-
bühne engagieren, die durch verlassene ostfriesische
Dörfer tingelt."

„Mir sind die Liberalen zu schlecht weggge-
kommen", mäkelte die Alleinerziehende. „Dafür hasse
ich diesen Fallschirmspringer. Der hat alles vermas-
selt. Gott sei Dank hat er nun die Quittung dafür."

Da mischte sich Schmaltz aus dem Hintergrund ein. Wie immer saß er allein in einer Nische,
die stets für ihn reserviert war. „Man muß an das Gute
im Menschen glauben, selbst wenn er Politiker ist",
appellierte er. „Und was unseren Überflieger mit den
Springerstiefeln betrifft, der ist völlig unschuldig an
dem Flop", entschied er. „Die Gelben sind vielmehr
Opfer eines grandiosen taktischen Fehlers geworden.
Während der halbe Osten im Hochwasser abgesoffen
ist und die Arbeitslosenquote über die Deiche

schwappte, kutschierte der Oberliberale im Spaßmobil durch die verschlammte Gegend. Verteilte bunte Luftballons, machte auf Kindergeburtstag. Anstatt sich mit einem Sandsack auf den Schultern vor die Kameras zu stellen. Das wäre staatsmännisch gewesen. Unglaublich instinktlos, dieser Typ! Am meisten nervt mich allerdings der hohe Frauenanteil im Kabinett. Und wie manche dieser Tanten aussehen! Wenn Weiber schon schlechte Politik machen, dann sollten sie wenigstens nett anzuschauen sein. Ist meine Meinung, obwohl hier jeder weiß, daß ich schwul bin."

„Das stimmt mit den Frauen", bestätigte das *Gewissen*. „Unglaublich! Aber so dämlich sind die Wähler bei uns nun mal. Bereits Tacitus beklagte Verwahrlosung bei allen Germanen und Blödigkeit bei ihren Häuptlingen."

Später kam auch *Puff Dandy* an die Theke. Mit einer heißen Insiderinformation, wie er behauptete. Danach plane der Kanzler, seinen Lebensabend durch den Kauf von Telecom-Aktien finanziell abzusichern. Gelächter.

Uschi dagegen wurde böse, was selten vorkam. „Das Wort Telecom möchte ich in meinem Laden nie wieder hören, kapiert! Da setzt ein sogenannter Spitzenmanager 25 Milliarden in den Sand, und wird anschließend mit Millionen für seine Unfähigkeit belohnt. Man hätte ihn verhaften und einsperren müssen. Lebenslänglich, und danach hundert Jahre Tod auf Bewährung. Ich kann das alles überhaupt nicht kapieren, will ich auch nicht! Für mich hängt die ganze Scheiße mit der Globalisierung zusammen."

„Stimmt genau", bestätigte der Pastor. „Ich habe einen Globus auf meinem Schreibtisch, ein Erbstück von meinem Vater. An dem drehe ich ab und zu. Dabei wird mir klar, daß wir alle auf dieser verrückten Kugel leben und eine Verantwortung dafür tragen. Das ist mein Globalisierungsbewußtsein!"

„Titanic, alles Titanic bei uns!", lallte eine angetrunkene nette Brünette mit breitem Goldgürtel, der auch als mittellanger Rock hätte gelten können. „Der Absturz unserer Gesellschaft ist nicht aufzuhalten. Man sollte ihren Untergang beschleunigen, anstatt alles hinauszuzögern und Löcher zu stopfen. Ist doch wohl klar: Erst wenn ein Schiff total abgesoffen ist, bekommt es wieder festen Boden unterm Kiel."

„Und was dann?", fragte jemand.

„Regt euch endlich ab", empfahl *Puff Dandy*. „Was danach kommt, ist Aufgabe der Evolution. Der wird bestimmt etwas Nettes einfallen. Vielleicht sterben dann die Politiker aus und es gibt wieder Saurier." Er ging nun auf Anja zu. „Hi", sagte er, „ich bin der *Puff Dandy*."

„Hi", sagte Anja, „ich bin die Anja." Marc sagte nichts, hob nur kurz den Kopf.

„Ihr beiden seid nicht gut drauf", behauptete *Puff Dandy*. „Stimmt's? Ich hab' ein Feeling dafür, habe euch beobachtet." Anja nickte, ihr Freund wandte sich ab. Später setzte sich Anja zu dem Liberianer. Er aß grünen Spargel mit Ketchup und Pommes frites. „Farblich sehr gewagt", bemerkte sie.

„Genauso schmeckt es auch. Eigentlich sogar ekelerregend", gab er zu. „Aber egal. Wichtig ist allein, daß ich als erster diese Idee hatte und inzwischen überall damit auffalle. Darum geht es, das tut mir gut! Bald werden es mir alle nachmachen. Der Mensch kann nicht anders, sein Nachahmungstrieb zwingt ihn.

Jeder ist glücklich, das zu tun, was alle tun. Man kann es die höchste Form von Individualismus nennen. Neoindividualismus."

Nach dem Essen sagte er: „Ich habe einen Blick für die Dinge: Ihr beiden wälzt Probleme. Liebeskummer kann es nicht sein, schließlich seid ihr cool und verliebt euch nicht einfach so. Liebe, das war mal was für Dinos. Die sind ausgestorben. Also kann euch nur Kohle fehlen."

„Stimmt echt", Anja nickte.

„Okay", sagte *Puff Dandy.* „Versuchen wir doch mal was mit dir. Ich habe gute Kontakte zu den Medien, sehr gute sogar. Ich bin übrigens Medienberater, unter anderem, falls dir das etwas sagt."

„Sagt mir wenig", gestand Anja.

„Okay, ich will es dir kurz erklären. Ich coache zum Beispiel Stars aus dem Showgeschäft und bringe ihnen bei, wie man sich etwa bei Interviews wirkungsvoll in Szene setzt. Oder wie man auf Fragen der Reporter reagiert, zu denen einem keine Antwort einfällt, weil man sie vielleicht auch gar nicht verstanden hat. Es gibt nun mal prominente Typen, die sind sehr dumm, das muß schließlich nicht jeder gleich merken.

Natürlich zählen auch Politiker zu meinen Kunden. Ich dressiere sie regelrecht für öffentliche Auftritte", prahlte er. „Damit sie nicht lächerlich wirken. Ich trainiere beispielsweise mit ihnen, wie man in Talkshows dem politischen Gegner das Wort abschneidet oder ihm Unwahrheiten nachweist, die er niemals begangen hat. Überhaupt ist es wichtig, vor allem für Politiker, Gewerkschaftler und Wirtschaftsleute, daß sie überzeugend lügen und abstreiten können. Lügen und abstreiten, genau darum geht es! Und alles mit der Miene des Biedermanns, dem man bedingungslos vertrauen möchte, weil ihm angeblich nur das Wohl des ganzen Volks am Herzen liegt."

Puff Dandy lehnte sich in seinem Stuhl zurück, entzündete eine Havanna, und fuhr fort: „Ich bringe Politikern auch bei, wie man eine Krawatte richtig bindet, oder gehe mit ihnen Edelklamotten einkaufen. Mantel, Anzug, Oberhemden, damit sie in der Öffentlichkeit nicht so dürftig aussehen wie sie argumentieren. Selbst bei der Auswahl von Unterwäsche berate ich gelegentlich. Wenn's um modische Slips geht, beispielsweise. Falls so ein Promi mal seine Hosen runterlassen muß, dann möchte er schließlich nicht gleich in der ersten Nacht zur Lachnummer werden."

„Echt, bei Unterwäsche auch?", Anja wirkte irritiert.

„Stimmt", bekräftigte *Puff Dandy*. „Aber jetzt kommen wir mal zur Sache: Eine der ganz großen Zeitungen hat etwas vor. Sensationelle Geschichte, falls alles klappt wie geplant. Ich kenne den Chefredakteur. Es war meine Idee, er findet sie gut. Vielleicht könntest du da einsteigen, weil du genau den Typ repräsentierst, nach dem wir suchen. Hättest du Lust?" Abschätzend musterte er das Mädchen neben ihm.

„Worum geht es denn eigentlich?", wollte Anja wissen. „Außerdem, um das gleich zu sagen, ich habe praktisch nichts gelernt. Jedenfalls noch nicht."

„Spielt in diesem Fall überhaupt keine Rolle. Eine Ausbildung brauchen nur Leute, die ihr Leben mit Arbeit vergeuden wollen. Du müßtest lediglich eine Rolle spielen. Einfach gewisse Spielchen mitmachen, anwesend sein und dabei locker viel Geld abkassieren. Das wäre eigentlich schon alles. Fast. Erfolg und Glück per Mausklick, kapiert?"

„Nicht ganz", bekannte Anja, „aber klingt cool. Sobald ich mehr darüber weiß, werde ich mich entscheiden."

Puff Dandy schrieb ihr eine Adresse auf. „Da gehst du morgen hin. Punkt 11 Uhr. Ein gewisser Pannewitz wird dich erwarten, es ist der Chefredakteur, eine Art Medienfaschist. Dabei wirklich nett, menschlich. Hat jede Menge Einfluß! Ich spreche noch heute Abend alles mit ihm ab. Übrigens", äußerte *Puff Dandy* beiläufig, während er eine letzte Stange Spargel zwischen seine Zähne schob, „ich habe drei liebenswerte Hobbys: Sex, Sex und Sex. Falls dich das interessiert. Und noch etwas: Ich habe eine Latexallergie. Das wär's für heute. Ich denke, man sieht sich gelegentlich. Muß jetzt leider sofort los. Habe noch eine Verabredung."

Anja ging zurück an die Theke. „Was wollte der Typ von dir?", forschte Marc verärgert. „Der soll doch Zuhälter sein, unter anderem. Hat angeblich Edelnutten unter Vertrag. Für Besserverdiener und Leute mit Einfluß, Politiker und so, habe ich mal gehört."

„Unsinn! Der ist total nett und in Ordnung."

„Also, was wollte dieser Macho? Er hat dir doch einen Zettel zugeschoben."

„Na und? Er kennt die richtigen Leute, kann mir vielleicht einen guten Job vermitteln. Morgen habe ich einen Termin. Danach sehen wir weiter. Und jetzt Schluß damit!"

Als Anja und ihr Freund das *Monaco* wenig später verließen, hatte *Puff Dandy* erste Fäden für eine Geschichte eingefädelt, die Monate später weltweit Schlagzeilen schreiben sollte.

Auf dem Heimweg fragte Marc seine Freundin: „Wie heißt du eigentlich, außer Anja?"

„Nun werd' mir nicht sentimental", meinte sie. „Wieso interessiert dich plötzlich mein Nachname?"

„War nur so eine Idee. Ist ja wirklich nicht wichtig."

Anja ging gleich zu Bett. Weil Marc überdreht war, schaltete er, um sich abzulenken, einen ihrer Fernseher ein. Aus Erfahrung wußte er, daß ihn spätes Zuschauen meistens ermüdete. Weil ihm völlig egal war, was er sich ansah, blieb er schließlich bei einer Sendung mit dem Titel *Literarisches Nachtcafé* hängen, die offensichtlich gerade auf ihren kontroversen Höhepunkt zusteuerte. Zunächst fand er das ganz lustig. Zwei angesehene Kritiker diskutierten über eine umstrittene Neuerscheinung, deren Titel gelegentlich eingeblendet wurde: *Der dreiarmige Fisch*. Marc wurde schnell klar, daß es um eine wichtige Neuerscheinung eines ernstzunehmenden Schriftstellers gehen mußte. Zu den Teilnehmern der späten Runde, die zwischen Mineralwasserflaschen lässig in bequemen Sesseln saßen, zählten die beiden stark überschminkten Kritiker, jeder von einer renommierten Zeitung, sowie der Moderator der Sendung. Irgendwo im Halbdunkel des Hintergrundes konnte ein intellektuelles Nachtpublikum vermutet werden, das gelegentlich auflachte, dezent klatschte oder Bravo rief. Einer der beiden Kritiker war leicht angeglatzt und trug eine Designerbrille, der andere trug keine Brille und hatte volles, dunkelkrausiges Haar. Schon wegen dieser äußerlichen Unterschiede konnte angenommen werden, daß sich beide Kritiker prinzipiell feindselig gesinnt sein mußten.

Der Moderator, ein belangloser Mensch mit auffallend geschmackloser Krawatte, wie Marc das von den Kommentatoren abendlicher Nachrichtensendungen kannte, tat sein Bestes, um das Gespräch ins Unverbindliche, also Versöhnliche und damit Lächerliche hineinzudrängen.

Die Diskussion drohte gerade zu eskalieren, weil der angeglatzte Kritiker behauptete, das Buch *Der dreiarmige Fisch* sei, von seiner Geisteshaltung und grundsätzlichen Schwächen einmal abgesehen, *dünnmaschig* geschrieben, wahrscheinlich hastig, zu unüberlegt und damit ohne Verantwortung gegenüber der deutschen Sprache. Außerdem trage es unverkennbare opportunistische, populistische, narzißtische und sogar latent fremdenfeindliche Züge. Im Übrigen gehe dem Autor jedes Gefühl für Erotik ab, ein Mangel, der in allen seinen bereits erschienenen Romanen nachzuweisen sei, wie in der neueren deutschen Literatur überhaupt.

Der dunkelkraushaarige Kritiker widersprach diesen und anderen Einschätzungen vehement. Das Buch sei in keiner Weise *dünnmaschig* geschrieben, ganz im Gegenteil, außergewöhnlich *dichtmaschig* hätte der Autor seinen Text angelegt. Genau so, wie man das von guter Literatur erwarten müsse. Und gerade er verfüge, wie kaum ein anderer zeitgenössischer Autor, über die subtile sprachliche Ausdruckskraft, um auch Erotik für den Leser von heute erfahrbar zu machen. Allein deshalb schon sei dem Autor ein ganz großer Wurf gelungen, eine Behauptung, die der absolut komisch wirkende Mann mehrfach wiederholte, wobei er sich jedesmal beschwörend vorbeugte und mit seiner rechten Hand weit ausholte, gerade so, als wolle er den großartigen literarischen Wurf, den dreibeinigen Fisch also, ins intellektuelle Nachtpublikum hineinschleudern. Das Buch, fuhr er fort, sei ein zeitloser und damit zeitübergreifender Entwurf, gleichsam eine literarische Zeitklammer und somit eine längst überfällige Neuerscheinung, die ihren Weg zum aufgeschlossenen Leser unbedingt finden werde.

Daraufhin beklagte der angeglatzte, inzwischen spürbar gereizte Kritiker eine zunehmende linke Verbürgerlichung des allgemeinen literarischen Geschmacks. Diese *Neue Mitte* in der Literatur, wie er sich gehässig ausdrückte, sei, wie bereits wiederholt von ihm bemängelt, nichts weiter als brüchige Konsensliteratur, der er nichts abgewinnen könne.

Während dieser Streit noch eine Weile so weiterging, stellte sich die von Marc ersehnte Müdigkeit endlich ein. Kultursendungen haben auch ihr Gutes, dachte er. Dann konnte er gerade noch den Fernseher wieder ausschalten, kroch zu Anja unter die Decke und schlief bald ein.

2. Kapitel

Anja war pünktlich. Das Verlagsgebäude, eine schlanke Kathedrale aus Stahl und Glas für Halbgötter, kannte sie vom Vorbeigehen. Unten, beim Portier, wurde zunächst überprüft, ob sie tatsächlich einen Termin hatte. Und mit wem. „In Ordnung", sagte der Mann hinter der Glasscheibe, nachdem er seinen Computer bemüht hatte. Dann händigte er ihr eine kleine Chipkarte aus. „Sie nehmen den mittleren Fahrstuhl dort", ordnete er an, „und stecken das Ding einfach in den messingumrandeten Schlitz neben der Tür. Der Lift hält dann automatisch auf der Ebene, wo Sie angemeldet sind. Anschließend den Gang geradeaus, vierte Tür rechts."

Eine hektischnette, genervte Sekretärin empfing Anja hinter der vierten Tür rechts. „Hi", sagte sie. „Schön, daß Sie da sind. Nehmen Sie doch Platz. Einen Kaffee vielleicht? Es wird noch etwas dauern. Redaktionskonferenz. Viel schlechte Laune bei den Herren nebenan, denn es passiert im Moment nichts Sensationelles. Keine Eskalation der Nahostkrise und kein einziger Pilotenstreik oder Flugzeugabsturz. Trotz der Urlaubszeit! Niemand scheint momentan an Geiselnahmen interessiert zu sein. Auch keine erwähnenswerten Sexualdelikte, keine Korruptionsaffären. Kein Papst geht auf Reisen. Einfach nichts. Es ist zum Jammern. Immer noch Sommerloch. Übrigens, hier darf nicht geraucht werden."

„Danke, keinen Kaffe", sagte Anja. „Mein Kreislauf, Sie verstehen?"

„In deinem Alter hat man noch keinen Kreislauf", wurde ihr beschieden. „Wohl zu spät ins Bett gekommen oder zu früh, wie?" Anja nickte, nahm dann in einer Nische für Besucher Platz, zwischen zwei Phönixpalmen, und blätterte in eselsohrigen Journalen älteren Datums. Wie beim Gynäkologen, dachte sie.

Schließlich kam Pannewitz, der Chefredakteur, den alle Panne nannten. Er war eine übergewichtige Frohnatur. Etwas schwammig und auf dem Kopf weitgehend enthaart. Mit einer speckigen Haut, aus der man Radiergummis hätte schneiden können. Er war in Begleitung einer wirklich attraktiven Blondine, die sich mit „Hi, ich bin die Linda Herr!" vorstellte. „Ein eher maskulin klingender Name", meinte sie. „Trotzdem bin ich ein Superweib!" Sie trug eine ziemlich abenteuerliche Brille. Im übrigen imponierte sie Anja mit teuer sanierten Zähnen.

„Linda ist Redakteurin für besondere Aufgaben und außerdem unsere Top-PR-Frau", kommentierte Panne ihre Anwesenheit. „Sie betreut unsere tägliche Gesellschaftskolumne. Nebenbei ist sie Ghostwriterin für Prominente, die unbedingt ihre Lebenserinnerungen, Bettgeschichten also, als Buch vermarkten wollen, aber Schwierigkeiten mit der deutschen Sprache haben. Weil Linda momentan ausnahmsweise mal nicht schwanger ist und keine nennenswerte Trennungskrise durchlebt, steht sie uneingeschränkt zu unserer Verfügung. Sie wird die geplante Aktion, falls sie wirklich stattfindet, unter ihre Fittiche nehmen. Gehen wir zusammen mal nach nebenan."

Während die Drei aufstanden, stürzte ein jüngerer Redakteur ins Zimmer. „Hey Chef", wandte er sich wichtigtuerisch an Panne und hielt ihm einen Text unter die Nase. „Können wir diese Story so mitgehen lassen? Ich finde sie supergeil! Auf Seite eins ganz groß anreißen, oder...?"

„Moment!", Panne überflog das kurze Manuskript. Es trug die Überschrift: *Russenwolf zerfleischt deutsches Reh*. Er runzelte die Stirn, reichte den Text an Linda weiter. „Was hältst du davon, mein Schatz?", fragte er sie. „Es geht darum, daß immer häufiger Wolfsrudel über Polen in den Westen kommen. Mit einem Mordshunger natürlich."

Linda winkte ab. „Das paßt überhaupt nicht ins aktuelle politische Klima", mäkelte sie. „Unser Bundesaußendienstler ist um bessere Ostbeziehungen bemüht, und dann so was? Wenn du mich fragst: Nee!" Panne pflichtete ihr bei.

Der Redakteur wirkte enttäuscht und versuchte nun, seinem Vorgesetzten eine andere Geschichte schmackhaft zu machen. Es ging um eine beliebte TV-Moderatorin, die plötzlich an Krebs erkrankt war. Die Agentin der Frau wollte deren Kampf gegen die Krankheit als Exklusivgeschichte vermarkten. „Schon wieder dieses *Wie ich meinen Krebs besiegte*", stöhnte Linda. „Das kauft uns doch niemand mehr ab. Selbst die Alzheimerstory vom letzten Monat ist schlecht gelaufen."

Damit wäre die Sache beinahe vom Tisch gewesen, wenn Panne nicht anderer Meinung gewesen wäre. „Wieviel soll denn die Geschichte kosten?", fragte er seinen Kollegen.

„Die Agentin dachte an 50 000."

„Ausgeschlossen! Der Zeitungsbranche geht es schlecht. Wir zahlen maximal 30 000."

„Damit wäre sie einverstanden."

„Woher kannst du das wissen?"

„Weil ich den Preis bereits runter gehandelt habe."

„Bist ein guter Junge, darfst heute eine Stunde länger arbeiten. Zu dem Kurs machen wir das natürlich. Ruf die Tante gleich an. Es ist zwar keine super heiße Story, aber egal.", entschied Panne. „Lehrt uns doch die Erfahrung: Du kannst den Lesern das abgeschmackteste Gericht vorsetzen, stets wird es mit größtem Appetit verschlungen! Nach wie vor ist Prominentenkrebs für viele eine Delikatesse, auch wenn es nach aufgewärmten Hamburgern aus der Mikrowelle riecht. Ich denke", Panne dachte kurz nach, „wir verkaufen das etwa so." Er griff nach einem Stück Papier und skizzierte: *Krebs-Drama! Sie spricht offen über ihren nahen Tod. Wie sie leidet, wie sie hofft.* „Einverstanden, Linda?" Linda nickte ohne Zustimmung. Sie war eine schlechte Verliererin.

Man ging in Pannes Büro, setzte sich an einen großen Tisch. Zunächst wurde Anja vom Chefredakteur und Linda stumm gemustert. Wie ein Gebrauchtwagen, dem man nicht so recht über den Weg traut. Schließlich nickten die beiden einander zu.

„Zeitungen wie wir", begann Panne, „leben von großen Geschichten, Legenden, Visionen, Hoffnungen. Und vom Elend anderer, selbstverständlich. Allen Religionen geht es ja ähnlich.

Jede Wirklichkeit hat mindestens zwei Ebenen: Die tatsächlich vorhandene, und eine vom Menschen erdachte. Wenn das Leben an sich wieder einmal trostlos aussieht und von selbst nichts Spektakuläres passiert", philosophierte er, „dann muß halt ein wenig nachgeholfen werden. Die Wirklichkeit anschieben, nenne ich das. Vor allem brauchen wir Gerüchte und Klatsch, sozusagen als Grundnahrungsmittel für unsere Leser. Klatsch ist prickelnder Prosecco für die Masse. Ohne Klatsch fehlt ihr die soziale Grundorientierung. Gewisse Promis existieren nur, weil wir ihre Bedeutungslosigkeit ständig liften."

„Nun komm mal zur Sache, Panne", empfahl Linda.

„Hast ja Recht, Schätzchen", stimmte er ihr zu. „Unser Problem: Zur Zeit gibt es keine einzige Liebesaffäre von internationalem Format. Dabei ist Liebe ein wichtiges Thema. Was wären wir ohne sie, die Liebe? Unvorstellbar! Die Leser lechzen nach Liebesgeschichten. Nach wirklichen oder erdachten – völlig gleichgültig!" Er fragte Anja nach ihrem Alter.

„Bald neunzehn", antwortete sie zaghaft.

„Fast schon zu alt, um noch jung zu sein", meinte Panne. „Aber es mag passen. Woher kommen Sie denn? Aus dem Osten wahrscheinlich?"

„Ja, Vorpommern."

„Vielleicht mit polnischen oder russischen Großeltern? Ich frage wegen Ihrer hochstehenden Backenknochen."

„Nein."

„Eigentlich schade, aber nichts dran zu ändern", bedauerte Linda. „Was macht der Vater?"

„Hat früher als Bäcker gearbeitet. Wo er heute ist, weiß ich nicht."

„Und die Mutter?"

„Sitzt hinter der Kasse im Supermarkt. Stundenweise."

„Geschwister?", wollte Panne dann wissen.

„Nur einen älteren Halbbruder."

„Und, was macht der so?"

„Der ist Freizeitmörder!"

„Freizeitmörder? Interessant", bemerkte Panne belustigt. „Wenn andere Leute joggen oder ins Kino gehen, mördert er so ein bißchen herum, wie? Ich habe Erklärungsbedarf! Es ist mein Beruf, neugierig zu sein. Er sitzt wahrscheinlich im Knast?"

„Nein, das ist anders. Er hat einen Jagdschein. Jeden Abend haut er ab in den Wald und erschießt Rehe, Hasen und Füchse", erläuterte Anja. „Alles, was da so rumläuft. Wohl aus Frust, weil er keinen Job und keine Freundin hat. Sowas ist nicht mein Ding. Ich weiß sonst nicht viel über ihn. Totaler Einzelgänger. Auf jeden Fall muß er krank im Kopf sein. Kommt von seinem Vater, behauptet meine Mutter. Ist mir echt egal."

Panne ging ans Fenster, blickte für einen Moment lang nach unten in die Tiefe, wo eine Straße aufgerissen wurde. „Ein typisches Globalisierungskind", sagte er sehr leise, mehr für sich. „Weder Absender noch Anschrift im Kopf ..."

„Sie haben doch sicherlich eine feste Beziehung?", fragte Linda.

„Ja, irgendwie schon."

„Richtig verliebt ineinander?"

„Na ja ..."

„Was versucht er beruflich?"

„Er studiert Philosophie." Anja sagte es mit einem gewissen Respekt. „Ist fast schon im zweiten Semester!"

„Aha, ein Versager also", war Lindas Kommentar. „Sie wohnen bei ihm?"

„So gut wie. Meistens."

„Das paßt. Und welchen Job machen Sie?"

„Ich weiß noch nicht so recht. Irgendwie muß ich mich wohl mal darum kümmern. Ich würde gerne eine Boutique eröffnen. Oder eine Kneipe. Oder als Fotomodell arbeiten. Pharmavertreter wäre nicht schlecht. Vielleicht auch eine CD machen. Etwas singen konnte ich schon als Kind. Oder was Soziales machen, mit Menschen und so. Vielleicht mit Behinderten. Meine Freundin hat das auch vor. Ich bin mir da noch nicht ganz sicher."

„Gratuliere, aus Ihnen wird bestimmt mal was", lobte Linda.

„Aber zunächst muß jetzt schnell Kohle ins Haus", meinte Anja. „Ich bin total pleite!"

„Diese Sorge könnten wir Ihnen wahrscheinlich abnehmen", sagte Panne. „Womit wir auch schon beim Thema wären: Denis Schalck, der Name sagt Ihnen sicherlich etwas?"

„Hm, diese hoch bezahlte Ballmaschine? Ja, natürlich! Ich sehe allerdings viel lieber Formel-1", schränkte Anja ein. „Dieser irre Sound, verstehen Sie? Gelegentlich gibt es dabei sogar Tote, oder wenigstens Verletzte. Da kommt Tennis nicht mit. Immer nur dieses trockene Plopp-plopp. Außerdem muß man ständig den Kopf von links nach rechts drehen und umgekehrt. Ich habe Schwierigkeiten mit der Halswirbelsäule."

„Gute Argumente. Sie ist schlagfertig, das gefällt mir", meinte Linda anerkennend.

„Warum sitze ich nun eigentlich hier?", wollte Anja wissen. Es klang beinahe selbstbewußt.

„Wir werden gemeinsam eine Lovestory einfädeln", erläuterte Panne, „und in den nächsten Monaten ausführlich darüber berichten. Tag für Tag. So exklusiv wie möglich. Immer eine Nasenlänge vor der Konkurrenz."

„Eine Lovestory?"

„Richtig! Mit Ihnen und Denis Schalck als Hauptdarsteller."

„Ausgerechnet mit 'nem Vorbestraften? Ich liebe ihn doch gar nicht. Außerdem ist mir dieser Typ zu unreif. Und glücklich verheiratet soll er auch sein. Ist sogar stolzer Vater."

„Das macht die Sache für uns erst reizvoll", betonte Panne. „Um echte Liebe soll und darf es auch gar nicht gehen. Nichts fasziniert den Menschen mehr, als das Erfundene, die Illusion. Sicherlich ahnen Sie inzwischen, was wir vorhaben?"

„Keine Spur."

„Macht nichts. Linda wird Ihnen das anschließend genauer erklären. Ich muß gleich zurück in die Redaktionskonferenz. Der Himmel hat uns nämlich gerade eine heiße Geschichte beschert."

„Worum geht es denn?", fragte Linda neugierig.

„Ein schweizer Friseur hat unter Eid zugegeben, einem gewissen deutschen Politiker die Haare gefärbt zu haben. Daraus basteln wir die Schlagzeile der Woche. Etwa unter dem Motto: *Bekennen Sie endlich Farbe, Herr ...* " Nebenan in Pannes Büro schrillte das Telefon. Er ließ die beiden Frauen allein.

„Am besten, wir duzen uns ab jetzt", schlug Linda vor und setzte das Gespräch fort. „Zunächst muß klar sein, daß absolut alles, worüber wir heute und in Zukunft miteinander reden, einer strengen Schweigepflicht unterliegt. Mehr noch: es geht um absolute Geheimhaltung! Du wirst, sobald wir uns endgültig einig geworden sind, eine entsprechende, von unserem Notar ausgearbeitete Erklärung unterschreiben. Verletzungen dieser Abmachung würden gravierende Konsequenzen für dich haben. So weit alles klar?" Linda lächelte herzlich. Ohne Wärme.

„Okay", bestätigte Anja.

„Gut", fuhr Linda fort. „Als Einstieg wird es eine Art Probelauf geben, um zu sehen, wie die Öffentlichkeit reagiert. Wir haben die Geschichte etwa folgendermaßen angedacht: Wie bereits erwähnt, geht es darum, daß du dich in unser Tennisidol Denis Schalck verliebst. Ob du ihn wirklich magst, ist ohne Bedeutung. Liebe ist sowieso ein Täuschungsmanöver, ein Irrtum. Jedenfalls in der Regel. Wir werden deine Affäre mit ihm professionell aufbauen und regelmäßig darüber berichten. Exklusiv! Bevor wir damit starten können, müssen gewisse Voraussetzungen geschaffen werden. Während der ersten Phase bekommst du daher eine neue Identität verpaßt! Dazu gehören unter anderem ein hübsches Apartment, ein kleines Cabrio und der übliche Lifestyleklimbim. Natürlich auch Geld. Alles wird vom Verlag finanziert."

„Total geil", freute sich Anja. „Und was muß ich anschließend tun?"

„Eigentlich nicht viel, jedenfalls nicht gleich. Vorerst schwirrst du nur Nacht für Nacht durch die Szene, von einem In-Treff zum anderen. Stehst da als dekorativer Raumteiler einfach nur so herum. Lächelst. Nimmst einen Drink. Sagst gelegentlich irgendetwas. Egal was, es hört sowieso niemand richtig zu. Von Bedeutung ist allein deine Ausstrahlung. Vor allem dein Körper also, und die Frage, was einer damit anstellen könnte.

Besonders wichtig: Du darfst dich nirgendwo allzu lange aufhalten. Schneller Ortswechsel ist demnach angesagt, denn du mußt jede Nacht an vielen Stellen gesehen werden. Du rennst also wie dein eigener Werbespot durch die Szene. Wie ein Politiker, der auf Wahlkampftournee ist. Plötzlich auftauchen, lächeln, Smalltalk, einen Drink nehmen und sofort wieder abtauchen. Damit erregst du Aufmerksamkeit. Vor allem immer lächeln, dabei stets cool bleiben und die Männer im rechten Moment abblitzen lassen. Geheimnisvoll wirken, mit nichts dahinter. Allein darauf kommt es an. So etwas beeindruckt ungemein. Selbstverständlich läßt du dich auch anmachen, allerdings nur in Grenzen. Du gehst also auf kein Angebot wirklich ein. Sobald du auf diese Weise einigermaßen interessant und vor allem populär geworden bist, folgt die Phase zwei unseres Plans. Über die reden wir dann später."

„Wie soll ich denn populär werden, wenn ich jede Nacht nichts weiter tue, als in Kneipen und auf Partys herumzustehen?"

„Du hast noch keine Ahnung von der Medienkultur und ihren Gesetzen. Laß mich das managen. Spätestens nach einer Woche kommst du zum ersten Mal in meine Gesellschaftskolumne. Mit Foto und einer netten, belanglosen Story. Dreispaltig. Das ist der Einstieg. Der nächste Schritt wäre dann ein Auftritt in einer dieser regionalen Talkshows. Ich denke etwa an die Sendung *Nullkommanull*, die hat zur Zeit allerbeste Einschaltquoten. Sofern das gut ankommt, bist du automatisch drin im Geschäft. Im Lift nach oben!"

„Talkshow? Um Gottes Willen", wehrte Anja ab. „Ich wüßte wirklich nichts von Bedeutung zu sagen!"

„Damit liegst du optimal im Trend. Engagiert und mit wichtigem Gesicht substanzlos quasseln, darauf kommt es doch an. Im Seichten ist noch niemand untergegangen. Merke: Aus einem Eiweiß eine Badewanne voll Schaum schlagen und auf keinen Fall das Publikum zum Nachdenken anregen wollen. Das tut denen nämlich weh im Kopf und schadet außerdem der Einschaltquote. Darüber reden wir noch ausführlich, wenn es so weit ist."

„Ist ja irre!"

„Klingt so, aber es ist real. Es gibt sowieso nichts Irrsinnigeres als die Realität. Aber jetzt zu etwas anderem. In der Szene wird man dir natürlich Fragen stellen. Woher du kommst etwa, wo du wohnst, was du beruflich gerade machst, wie viele Freunde du hast, ob du auf Ayurveda stehst und auf einem Wasserbett schläfst. Ob du Grünen Tee trinkst, und von wem du dich astrologisch beraten läßt. Zu welchem Gyn und Haircutter du gerade gehst. Welchen Rapper oder Raver du favorisierst. Ob du echten Kaviar mit vergoldeten Pinzetten oder mit Eßstäbchen ißt. Ob du lieber im Porsche oder auf der Überholspur im Minicooper bumst. Oder in einem Teppichladen. Und so weiter. Also mußt du antworten."

„Und was soll ich sagen?"

„Paß gut auf mein Kind. Ich verrate dir jetzt eine goldene Lebensregel. Vor allem kommt es darauf an, für andere stets ein Geheimnis zu bleiben. Auch später in der Ehe, falls du einmal in diese peinliche Situation kommen solltest. Niemand interessiert sich nämlich für ein bereits ausgefülltes Kreuzworträtsel. Nur das Unbekannte reizt die Menschen. Habe ich Recht?"

„Stimmt", bestätigte Anja. „Und wie bleibe ich für andere geheimnisvoll?"

„Ganz einfach. Zum Beispiel, indem du niemals eindeutige Antworten gibst und gelegentlich im Gespräch eine hübsche, bedeutungsvoll klingende Phrase einfügst. Eine Worthülse. Am besten ein Kunstwort, das absolut nichts aussagt. So etwas kommt gut an. Mir fällt da zum Beispiel ein, daß du ab sofort immer mal wieder und immer öfter *tatuuh* sagen solltest. Das klingt doch gut, oder?"

„Wie, *tatuuh* soll ich sagen, einfach so?"

„Genau, warum nicht *tatuuh*? Spielen wir das einmal für eine bestimmte Situation durch. Ein Typ an der Bar möchte wissen, wer du bist. Du sagst einfach *tatuuh*, kein einziges Wort mehr, und lächelst ihn dabei cool an. Er wird hingerissen sein. Sag jetzt bitte mal *tatuuh*! Zur Probe."

Anja sagte *tattuhuuhu*.

„Nicht schlecht für den Anfang, aber du mußt wohl noch ein wenig üben. *Tatuuh*, so wäre es richtig! Nicht *tattuhuuhu*, obwohl das eigentlich völlig egal ist. Auf jeden Fall sollte es sinnlich klingen. Lüstern und ein wenig vulgär. Am besten, du trainierst es vor dem Spiegel und achtest darauf, daß deine hübschen Nasenflügel ein wenig vibrieren, wenn du *tatuuh* sagst. Das wäre supergeil!"

„Man wird mich für verrückt oder übergeschnappt halten", gab Anja zu bedenken.

„Bravo, darauf wollen wir doch hinaus!", freute sich Linda. „Und wenn dich jemand fragt, was du gerade beruflich machst, dann sagst du einfach: *Tatuuh, und was machst du?* Und falls einer von dir wissen will ob du gut drauf bist, dann sollte die Antwort etwa lauten: *Mir ist im Moment total tatuuh!* Kapiert, wie ich das meine? Wie das Spiel läuft?" Anja nickte.

„Überhaupt solltest du dir angewöhnen", erläuterte Linda, „eine an dich gerichtete Frage niemals wirklich zu beantworten. Politiker tun das auch nicht, wenn man sie interviewt. Am besten, man antwortet mit einer Gegenfrage oder antwortet auf eine Frage, die gar nicht gestellt wurde."

„Ein merkwürdiges Spiel, das du mir beibringen willst. Seinen Sinn habe ich allerdings noch immer nicht richtig verstanden."

„Baby, Liebling, es geht doch lediglich darum, aufzufallen! Egal wodurch. Sonst nimmt dich kein Mensch zur Kenntnis, du bist und bleibst dann ein Nullmensch. Denk zum Beispiel mal an den toten Joseph Beuys, Gott hab ihn selig. Der konnte nicht mal einen graden Strich malen, falls dich meine Meinung dazu interessiert. Also lief er so lange mit seinem durchgeschwitzten Hut herum, bis jeder ihn kannte. Dadurch wurde er schließlich berühmt und konnte es sich später leisten, ein Stück fettiges Papier zum Kunstwerk zu erklären. Dir oder mir hätte das niemand abgenommen, stimmt's?

Oder nimm diesen berühmten Modedesigner. Wenn der nicht ständig mit seinem bekloppten Fächer herumwedeln würde, mit dem er seit Jahren Wind für sich gemacht hat, dann wäre er heute vielleicht nur verrenteter Schneidermeister einer kleinen Hosenfabrik. Und weil ihm wohl kürzlich die Ahnung überkam, daß man ihn bald vergessen könnte, hat er sich tapfer auf 50 Kilo Abtropfgewicht runtergehungert. Äußerst klug: inzwischen reden alle wieder über ihn!

Oder denk mal an diese wirklich tolle Schauspielerin. Schweins heißt sie wohl. Ja richtig, Esther Schweins. Die ließ sich kürzlich für ein Journal ablichten, mit einem Kalb im Arm. Beide selbstverständlich nackt, also auch das Kalb. Ganzseitig. Unter dem Foto stand: *Ein Kalb ist ein Kalb und kein Schnitzel. Esther Schweins, Schauspielerin.* Na, wenn das keine Botschaft ist! So etwas kommt an bei den Leuten."

Linda quasselte weiter, insbesondere über Talkshows, die sie generell für überflüssig hielt. „Man muß sich das einmal vorstellen", eiferte sie: „Da hokken abends Millionen vor der Glotze und hören sich die längst bekannten Meinungen von mehr oder weniger prominenten Nullen an. Es sitzen sowieso immer die selben Typen herum. Man könnte sie als verbeamtete Berufsmeinungsbildner bezeichnen. Das Auswahlmuster ist stets das gleiche: Je einer von den großen Parteien, dann diese giftige Gewerkschaftsschlange mit dem Doppelnamen, dazu je ein Vertreter der Amtskirchen, ein Jude. Fertig. Allenfalls noch ein Soziologe oder ein Psychologe, damit der Durchblick nicht verlorengeht. Standardmischung. Eigentlich total unverdaulich, aber es wird trotzdem gefressen. Weißt du, mein Kind, was für eine Art Talkshow ich gerne einmal sehen oder selbst moderieren würde?"

„Keine Ahnung", antwortete Anja. Sie wirkte leicht überfordert.

„Höre zu! Abends, zur besten Sendezeit. Ein Talkmaster und im Halbrund, wie üblich, die geladenen Gäste. Selbstverständlich alle erste Wahl, Mega-Top-Leute. Und nun kommt der absolute Kick: Der Talkmaster darf keine einzige Frage stellen und keiner der Geladenen sagt ein einziges Wort. Alle sitzen nur da und schweigen sich eine Stunde lang feindselig an. Selbstverständlich freundlich lächelnd. Nur an ihrem Mineralwasser dürfen sie gelegentlich schlürfen. Super Idee, oder?" Anja nickte verunsichert. „Klingt irgendwo geil", gestand sie trotzdem.

Nachdem Linda noch einige weitere Einsichten ihrer Lebensphilosophie erläutert hatte, verabredeten sich die Frauen für den folgenden Vormittag. Anja sollte dann ihr zukünftiges Apartment kennenlernen und mit weiteren Einzelheiten ihrer bevorstehenden Liebesaffäre vertraut gemacht werden. Abends wollte Linda mit ihr dann erstmals in die aktuelle Szene abtauchen, und sie mit den wichtigsten Leuten in Kontakt bringen.

„Wo soll ich dich abholen, Kind?", wollte Linda wissen. Anja nannte ihr Marcs Adresse.

„Gut, zwischen zehn und elf Uhr werde ich kommen. Pack bis dahin deine Klamotten zusammen, viel wird es ja nicht sein. Selbstverständlich mußt du bis morgen mit deinem derzeitigen Typ irgendwie Schluß gemacht haben", schärfte sie Anja ein. „Zunächst bis auf weiteres. Auf jeden Fall so lange, wie wir diese Geschichte mit Denis Schalck durchziehen. Weine deinem Marc ein paar Lacost-Tränen nach, wenn dir unbedingt danach ist – und fertig! Männer laufen dir noch mehr als genug über den Weg."

„Ich kann meinen Marc doch nicht einfach sitzen lassen, ohne jeden Grund", wandte Anja ein. „Eigentlich mögen wir uns schon. Manchmal ist er sogar total nett zu mir."

„Wo es keinen Grund zu geben scheint, da muß man ihn erschaffen. Nichts ist leichter als das. Du provozierst einfach einen Streit, am besten wegen einer Belanglosigkeit. Darauf fällt jeder rein. Fang gleich heute Abend damit an. Zur Nacht versöhnt ihr euch noch ein letztes Mal. Im Bett, wie das so üblich ist. Manchmal kann das ja ganz lustig sein. Und morgen heizt du die Geschichte gleich nach dem Aufstehen wieder an. Stichelst von neuem darin herum. Bis ihm der Kragen platzt und er dich rausschmeißt."

„Und falls er das nicht tut?", gab Anja zu bedenken.

„Dann gehst du eben von dir aus. Nimmst ein paar Klamotten - und weg! Wo liegt das Problem? Wie auch immer, wenn wir uns morgen treffen, mußt du die Sache abgeschlossen haben, mußt du frei sein. Sonst können wir nicht miteinander ins Geschäft kommen. Eine Chance wie diese bekommst du keinesfalls ein zweites Mal im Leben. Und denke bitte daran: Dein Marc darf nicht die geringste Ahnung davon haben, warum du ihn verläßt und was du vorhast. Ist das wirklich klar für dich?" Linda lächelte breitmundig wie Zahnpastawerbung.

„Okay, einverstanden", antwortete Anja. „Auf mich ist Verlaß."

„Gut", sagte Linda. „Damit hast du dir inzwischen dein erstes Geld verdient. Im vierten Stock, gleich links wenn du aus dem Fahrstuhl kommst, ist die Hauptkasse. Nimm diesen Wisch hier", sie drückte Anja einen von Panne abgezeichneten roten Zettel in die Hand, „den legst du dort vor. Man wird dir ein sogenanntes Informationshonorar von zunächst 1500 Euro auszahlen. Damit kannst du zwar nicht viel anfangen, aber für den Einstieg wird es reichen. Am besten, du legst den größten Teil davon in Klamotten an." Anja strahlte. Die beiden Frauen trennten sich.

Den Nachmittag verbummelte Anja in der City. Noch nie in den letzten Wochen hatte sie die Stadt so aufregend empfunden. Die Menschen, das Tempo, der Verkehr, Lärm, Farben, Gerüche. Alles war ein Versprechen für noch viel mehr, war Verlockung. Ein Gefühl von Grenzenlosigkeit berauschte sie, vermischt mit einem kaum spürbaren Beigeschmack nach Wahnsinn, Lüge und Tod. Jetzt endlich beginnt mein Leben, dachte und spürte Anja. Sie war glücklich, kaufte hier und dort T-Shirts, Pullover, Jeans, drei Paar Schuhe, ein Handy und allerlei Kleinkram.

In einem Bistro aß sie Shrimps in Knoblauchsoße, dazu gummiartiges Baguette und einen erschlafften Salat aus der Kühltheke. Nebenbei blätterte sie in der aktuellen Ausgabe einer Illustrierten, die sie unterwegs gekauft hatte. Auf dem Titel: Denis Schalck mit seiner exotischen Frau Olgina. Sie saßen am Rand eines Swimmingpools in Kalifornien. Cool, entspannt, wie nur Vorzugsmenschen es sein können. Auch total glücklich, wie es schien. Jeder Leser mußte neidisch auf die beiden werden. Anja fand, daß sie der Frau des Tennisidols ein wenig ähnlich sah.

Die Bildunterschrift verkündete: *Wir sind uns ganz sicher: Ja, es ist wieder Liebe!* Und weiter dann: *Alles über ihr Glück, über Kinderwünsche und ihre Zukunftspläne. Das erste Exklusiv-Interview nach der letzten Trennung.*

Mist, dachte Anja. Was habe ich da eigentlich zu suchen? Glückliche Familie und so. Und sie dachte auch: Er sieht gar nicht so übel aus, dieser Denis. Zwar immer noch ein wenig unreif, aber sicherlich auf dem Sprung in die Entwicklung. Kein Zweifel, man mußte ihn ernst nehmen. Immerhin war er längst Multimillionär. Dann überflog sie den Bericht im Innenteil. Traumhafte Fotos, wie im Katalog für Fernreisen der Extraklasse. Und dazu Bekenntnisse des Traumpaars, die eine Welt hätten verändern können. Anja verschlang das Interview.

Die Star-Reporterin: *Denis, wie mir gerade auffällt, halten Sie Fische im Pool. Goldfische...*

Denis: *Ja, natürlich! Olgina und ich mögen das. Den Fischen zuliebe verzichten wir sogar auf Chlor. Mensch und Tier müssen wieder mehr zueinander finden. Goldfische im Pool, das ist irgendwie...*

Die Star-Reporterin: *...auch ein christliches Symbol. Urchristentum. Das Fischesymbol finden wir ja noch auf vielen alten Taufbecken. Sind Sie eigentlich religiös?*

Denis: *Durchaus. Deshalb haben wir ja auch kirchlich geheiratet. Beide legten wir großen Wert darauf.*

Die Star-Reporterin: *Und ihre Rolle als Vater? Wird Sie das in Zukunft ausfüllen? Kommt Tennis jetzt nicht zu kurz?*

Denis: *Ich wachse da immer mehr rein in die Vaterrolle, klar. Olgina hilft mir dabei. Sie ist ja so lieb und hat viel Geduld mit mir. Meine Familie ist der Mittelpunkt. Und Tennis natürlich auch. Das bleibt so.*

Die Star-Reporterin: *Wie schön! – Kürzlich war allerdings von einer Beziehungskrise die Rede. Überstanden? Oder alles nur ein Gerücht?*

Denis: *Fragen Sie doch Olgina selbst!*

Olgina: *Denis hat Recht. Wir wachsen wirklich immer mehr zusammen, vor allem ich spüre das. Nicht wahr Denis? Es ist echte Liebe zwischen uns. Das können gewisse Leute nicht verkraften. Neid, verstehen Sie? Und darum wollen uns manche Typen etwas anhängen. Die kommen von einer gewissen Presse.*

Die Star-Reporterin: *Und der Kleine, wie macht er sich inzwischen? Sieht ja seinem Vater auffallend ähnlich. Wie aus dem Gesicht geschnitten.*

Olgina: *Sie haben Recht, ganz der Vater. Wir sind stolz auf ihn. Er entwickelt sich prächtig, lernt fast ein wenig zu schnell. Vor ein paar Tagen wollte er seinen Spinat schon mit der Gabel essen. Ganz ohne Hilfe, und das alles in seinem Alter! Wir sind wirklich eine sehr glückliche, völlig normale Familie. Wie andere auch. Manchmal helfe ich unserem Hausmädchen sogar in der Küche. Oder beim Bügeln.*

Es war ein langes Interview. Viele Seiten, viele Fotos. Zum Schluß fragte die Reporterin nach Denis' Zukunftsplänen.

Die Star-Reporterin: *Denis, irgendwann wird einmal Schluß sein müssen mit Tennis. Wie sehen Sie das Leben danach?*

Denis: *Natürlich habe ich noch viel vor, allerhand sogar. Vielleicht ein zweites oder drittes Kind. Eine Tochter zum Beispiel. Das wäre besonders schön, falls es klappt. Warten wir es ab. Klar, daß Olgina da ein Wort mitzureden hat. Kinder sind schließlich eine große Verantwortung. Die darf man nicht einfach so in die Welt setzen.*

Die Star-Reporterin: *Wir sprachen gerade über Kinder. Ist das Zweite denn nicht längst unterwegs, wie? Oder wohl doch geplant? In der Gerüchteküche brodelt es jedenfalls. Und auf aktuellen Fotos wirkt Olgina etwas stärker als sonst. Vor allem noch glücklicher...*

Denis: *Sag du es, Olgina!*

Olgina: *Eigentlich sollte es noch lange unser Geheimnis bleiben. Aber es stimmt, ich bekomme ein Baby.*

Die Star-Reporterin: *Oh wie schön! Junge oder Mädchen?*

Denis: *Das wird erst später verraten. Wir wollen keine Publicity. Olgina haßt den ganzen Rummel.*

Olgina: *Stimmt! Erst wenn es drei Monate alt ist, macht mein Gyn das nächste Ultraschallbild. Wir verkaufen es dann sofort an die Presse oder stellen es ins Internet. Das Honorar stiften wir natürlich für einen guten Zweck. Es gibt so viel Elend auf der Welt, schrecklich!*

Die Star-Reporterin: *Finde ich ganz toll! Dann können sich Millionen mit euch freuen. Und die*

Herztöne des zukünftigen Erdenbürger, wie hören die sich an?

Olgina: *Total rein und regelmäßig, wie mein Gyn versichert. Bum-bum, bum-bum, bum-bum macht das kleine Herzchen. Denis hat das schon auf CDs gebrannt und an Freunde geschickt. Süß, nicht wahr? Es scheint ein gesundes, sehr lebendiges Kind zu werden.*

Nachdem Anja ausgelesen hatte, bummelte sie heim. Mit großformatigen Tragetaschen aus steifem Lackpapier beladen, kam sie gegen Abend zurück ins Apartment ihres Freundes. Weniger als 50 Euro waren ihr verblieben.

Marc war fortgegangen. Auf der Arbeitsplatte in der Kochnische lag zwischen ungespültem Geschirr ein Zettel von ihm: *Komme heute etwas später. Gute Nachrichten. Ich liebe dich!*

Mit Zetteln in der Küche fängt jede Krise an, dachte Anja. Bei ihren Eltern war das jedenfalls so gewesen. Sie schmiß sich dann aufs Bett, grübelte und versuchte, Marc aus ihrem Leben wegzudenken. Legte in Gedanken Löschpapier auf sein Gesicht, auf seine sensiblen Hände. Überhaupt auf alles, was sie an ihm schätzte. Aber jenes liebevolle Bild, das sie sich in der kurzen Zeit ihres Zusammenseins von ihm gemacht hatte, wollte nicht weichen.

Später begann Anja zu weinen, heulte sich müde und schlief dabei ein.

Als Marc zurück kam, dezent angetrunken und in bester Laune, war es bereits dunkel. Zwischen ihren Oberschenkeln streichelte er sie wach. „Hey, mein Schatz", strahlte er, „jetzt sind wir endgültig aus dem Schneider!"

„Was ist?" Anja, aus Schachtelträumen hochgeschreckt, suchte nach Orientierung. „Also was ist los? Ziemlich brutal, wie du einen aufweckst."

„Wenn das brutal gewesen sein soll! Aber höre zu und staune", er legte sich zu ihr auf den Bettrand. „Meine Tante hat mir heute 3000 Euro überwiesen. Völlig überraschend. Unsere Miete ist für die nächsten Monate gesichert, eigentlich sollten wir jetzt heiraten. Was hältst du davon?"

„Welche Tante? Die mit den Häusern oder die mit der Sozialrente?"

„Die Rentnerin natürlich. Denn wer viel hat, kann bekanntlich schlecht loslassen. Nun komm schon hoch und spring in die Textilien! Wir gehen ins *Monaco* und feiern unseren sozialen Aufstieg!"

„Du spinnst wieder einmal", mäkelte Anja. „Die drei Braunen vom Tantchen sind schnell unter die Leute gebracht. Du ahnst gar nicht, wie leicht das geht. Mit Pfennigbeträgen ist unsere Situation ohnehin nicht zu retten."

„Sei nicht zickig, schon gar nicht jetzt, wo wir uns ein paar schöne Tage leisten könnten."

„Ich bin heute nicht gut drauf", versuchte Anja seine Euphorie zu dämpfen.

„Wie, etwa Kopfschmerzen?"

„Nein, viel schlimmer."

„Also Migräne?"

„Unsinn. Mir ist so, wie soll ich das ausdrükken: so *tatuuh*! Ja, mir ist total *tatuuh* heute", bekräftigte sie. „Bereits den ganzen Tag über."

„Aha, *tatuuh* ist dir also?" Marc dachte nach. „Wenn dir nun schon mal so ist, so *tatuuh*, wie du sagst, dann sollten wir erst recht ins *Monaco* gehen. Das wird dir gut tun, nun komm schon!"

„Wie ich feststellen muß", kritisierte ihn Anja, „interessiert es dich offensichtlich einen Dreck, wie schlecht es mir wirklich geht. Du läßt dich einfach mit der Bemerkung abspeisen, es gehe mir *tatuuh*. Unmenschlich, wie du dich verhältst!"

Weil Marc die Diskussion durch hartnäckiges Schweigen für beendet erklärte, und schlimmer noch, vergnügt zu pfeifen begann, kam Anja lustlos auf die Beine. Während sie damit beschäftigt war, sich anzuziehen, stolperte er über ihre Tragetaschen.

„Wie kommt eigentlich dieses Zeugs hierher?", fragte Marc.

„Gekauft. Was dachtest du?"

„Wovon gekauft?"

„Das übliche Zahlungsmittel ist nach wie vor Geld."

„Sieh einer an, du hast also einen Liebhaber?"

„Leider nein. Ich fand ein Portemonnaie. In der U-Bahn."

„Angeblich bist du früher nie U-Bahn gefahren", hielt Marc ihr vor. „Wegen deiner Klaustrophobie, wie du immer vorgegeben hast."

„Heute bin ich trotzdem gefahren", behauptete Anja trotzig. „Man kann Ängste nicht überwinden, indem man ihnen ständig ausweicht."

„Wieviel Geld war es?"

„Ungefähr 200 Euro, eher weniger", log sie. „Aber was geht es dich an?"

„Du hättest das Geld beim Fundbüro abgeben müssen! Sicherlich hat es ein Bedürftiger verloren."

„Bedürftige besitzen keine 200 Euro. Außerdem fand ich nichts Persönliches im Portemonnaie. Keinen Ausweis, keine Adresse, nichts. Also habe ich die paar Scheine behalten. Das war in Ordnung. Jetzt ist sowieso nichts mehr zu ändern, denn ich habe inzwischen fast alles Geld ausgegeben."

„Interessant", meinte Marc und trat gegen eine der Lackpapiertaschen. „Die Idee, dich an unserer Miete zu beteiligen, ist dir wohl nicht gekommen, wie?"

„Mein Gewissen ist unbelastet, denn es ist deine Wohnung. Dieses Thema haben wir doch längst abgehakt, stimmt's? Außerdem sieht alles danach aus", erklärte Anja, die eine gute Gelegenheit gekommen sah, ihrem Freund klaren Wein einzuschenken, „daß ich heute die letzte Nacht bei dir verbringen werde. Jedenfalls vorläufig. Mir ist nämlich vorhin ein toller Job angeboten worden, inklusive einem schikken Apartment. Morgen werde ich wahrscheinlich umziehen. Punkt!"

„Ein toller Job, mit eigenem Apartment? Aha, ich verstehe! In deinem Alter scheinst du mir allerdings für eine Karriere als Nutte nicht mehr ganz frisch zu sein. Stell dich einmal nackt und selbstkritisch vor den Spiegel. Die Geriatrie beginnt heute mit fünfzehn, spätestens. Wohin man bei dir auch sieht, erste Andeutungen von Fältchen! Sogar ein paar echte Falten sind dabei. Aber gelegentlich haben wohl auch achtzehnjährige Späteinsteiger noch eine Chance in dieser Branche."

„Idiot", wofür hältst du mich eigentlich?"
Anja warf mit dem Funkwecker nach ihm.

„Du hast doch gestern mit diesem *Puff Dandy* zusammengesessen. Mir ist vollkommen klar, womit du in Zukunft Kohle machen willst."

„Daneben getippt, mein Schatz. Du wirst es zwar nicht für möglich halten, aber er hat mir einen Job bei der Presse vermittelt!"

„Du möchtest also Zeitungen austragen? Jeden Morgen um fünf Uhr aufstehen? Wer hat dich denn auf dieses schmale Brett gelockt?"

„Schwachsinn. Ich werde selbstverständlich in der Redaktion arbeiten."

„Ausgerechnet du? Als anerkannte Legasthenikerin?"

„Ich bekomme eine Aufgabe im PR-Bereich. Große Geschichten anschieben und so."

„Gut, wechseln wir lieber das Thema!", schlug Marc vor. „Nur noch ein letztes Wort dazu: Falls ich jemals zu viel Geld kommen sollte", versprach er, „werde ich dir bestimmt einen guten Psychotherapeuten bezahlen. Aus Liebe."

Sie gingen ins *Monaco.* Anfangs setzten sich beide zu Pastor Freise und den übrigen Stammgästen an die Theke. Der zweifelnde Gottesmann war an diesem Abend besonders schlecht aufgelegt. Die ganze Welt schien ihm quer im Magen zu liegen. Anfangs machte er seinem Ärger über männliche Polit-Nutten Luft, wie er es respektlos ausdrückte. Dann erregte Freise sich wieder einmal nachhaltig über die Frisur einer populären Politikerin, die nach seiner Einschätzung Tag für Tag daran scheiterte, überzeugende Opposition machen zu wollen. „Mit ihrem Haarschnitt, der ja genau genommen gar keiner ist, würde sie allenfalls in ein Handarbeitsstudio passen", spottete er. „Sie sieht aus wie eine Kaffeemütze. Am meisten verübele ich dem Mädchen, daß sie sich von ihrer Partei als Putzhilfe mißbrauchen läßt. Und merkt es nicht einmal! Sobald der Parteiladen wieder einigermaßen sauber ist, wird man sie abservieren. Nach Brüssel vielleicht, wo schon viele gelandet sind, die man loswerden wollte." Zustimmung und allgemeines Gelächter an der Bar. Nur Starfriseur Schmaltz, der ebenfalls anwesend war, verzog keine Miene. Schon seit langem wurde er verdächtigt, für die kritisierte Frisur verantwortlich zu sein. Bitterböse Zungen behaupteten sogar, Schmaltz bekäme Schmiergelder aus dem Regierungslager, damit er den Kopf der Frau regelmäßig ruinierte.

Später erregte sich der Pastor über das geplante Mahnmal für die Opfer des Holocaust. „Erst waren gewisse Nazis perfekt im Töten", schimpfte er, „und jetzt wollen wir Deutschen unangreifbar gründlich und für jeden überzeugend im Gedenken sein. Widerlich, dieser neurotische Hang zum Perfektionismus, zur Gigantomanie! Fünfzig Millionen, wahrscheinlich noch viel mehr, wird das alles am Ende kosten. Das Geld sollte man lieber an die Überlebenden des Holocaust verteilen. Aber nein, wir brauchen eine Weltgedenkstättenattraktion! Wir Deutschen wollen aller Welt vormachen, wie eine Stätte der Besinnung und inneren Einkehr auszusehen hat. Auf jeden Fall überdimensional, wahrscheinlich mit integrierter Tiefgarage, alles behindertengerecht und selbstverständlich ökologisch vertretbar. Fehlt nur noch, daß man Mc Donald's gestattet, auf dem Gelände ein Restaurant zu errichten, in dem koschere Hamburger verkauft werden. Viele Geschäftsleute in unserer Stadt freuen sich ja bereits jetzt auf einen lukrativen Gedenkstättentourismus. Auf Gruppenreisen mit Gedenkstättenevents! Ich sehe es bereits heute in Gedanken vor mir, dieses *Rundum-Erlebnisreisen-Komplettangebot*: Man startet mit einem Frühschoppen in einer originellen Ossi-Kneipe am Prenzlauer Berg. Bürgernähe mit sozial Ausgegrenzten und so. Anschließend Fahrt durchs Brandenburger Tor, danach Reichstag und Potsdam. Gegen Abend Bootsfahrt auf der Spree mit Kaltem Buffet und Alleinunterhalter am Akkordeon: *Ich hab' noch einen Koffer in Berlin...* Als würdevollen Abschluß der ultimative Mahnmal-Gedächtnisbummel. So oder ähnlich wird man das Leid von Millionen profitabel vermarkten. Absolut widerlich!"

„Pastor, entschuldigen Sie mal", schaltete Marc sich ein. „Das man endlich etwas machen mußte, ist ja wohl klar. Wie sollte denn Ihrer Meinung nach ein würdiges Mahnmal aussehen?"

„Ganz einfach, mein junger Freund", antwortete Freise. „In dem vorgesehenen Areal legt man eine große kreisrunde Rasenfläche an, und stellt in deren Mitte eine schlichte, weithin sichtbare Schrifttafel auf. Da sollte dann etwa folgender Satz drauf stehen: *Geht alle ganz still wieder nach Hause - und ändert euch JETZT!* So etwas ließe sich für eine Million realisieren. Dann bliebe viel Geld für die wenigen noch Überlebenden übrig."

Niemand widersprach. Für einige Minuten wurde es still an der Bar.

Später kam *Puff Dandy*, aß wieder Grünen Spargel mit Ketchup und Pommes frites. Er winkte Anja an seinen Tisch. „Und", grinste er, „hat es geklappt?"

„Ja, morgen fange ich an." Anja erzählte von ihrem ersten Gespräch in der Redaktion. „Etwas mulmig ist es mir bei dieser Geschichte schon", bekannte sie. „Ich weiß immer noch nicht genau, was die Pressefritzen wirklich mit mir vorhaben."

„Die sind im Moment auch nicht viel schlauer als du", meinte *Puff Dandy*. „Das muß sich nach und nach entwickeln. Oder auch nicht. Die lassen einfach mal einen bunten Luftballon hoch und warten ab, wohin er fliegt. Entweder gibt es die Superstory des Jahres, oder alles endet als großer Flop. Auf jeden Fall wird es spannend, und du kannst ordentlich Kohle dabei machen. Was übrigens diese Linda betrifft", fügte er warnend hinzu, „da mußt du wahnsinnig auf der Hut sein. Sie ist eine Schlange. Vom Typ Boa Constrictor. Ungiftig zwar, dafür umso besser im Umzingeln und Würgen. Sie könnte dich glatt mit Haut und Haaren verschlingen. Ruf mich an, falls du Schwierigkeiten mit ihr bekommen solltest. Ich mag dich nämlich."

Während dieses Gesprächs hatte sich Marc heimlich davongemacht. Als Anja gegen Morgen in sein Apartment kam, war er nicht da. Sie setzte sich, dem Fenster zugewandt, in einen Sessel, und blickte in den heraufdämmernden Tag hinaus. Dabei schlief sie ein.

3. Kapitel

Linda kam nicht persönlich, wie eigentlich abgesprochen. Ein junger Volontär holte Anja ab. Für Marc, der noch nicht wieder aufgetaucht war, malte sie mit Lippenstift ein großes Herz auf den Spiegel im Flur, schrieb *schade* darunter, knallte ihren Wohnungsschlüssel auf eine kleine Anrichte und ging.

Ihr neues Apartment, ganz hübsch und halbwegs ruhig am Cityrand gelegen, gehörte der Zeitung. Achtes Stockwerk, zwei mittelgroße Zimmer, ein Bad, in dem Klopapier fehlte. Eine Kochnische. Im Kühlschrank lagen eingeschweißte Erdnüsse, eine Dose Ölsardinen und ein Labellostift. Alles in allem ein unbeseeltes, komfortables Wohngefängnis, in dem gelegentlich Mitarbeiter oder Geschäftsfreunde des Verlages für einige Tage untergebracht wurden.

Es roch schlecht gelüftet. Anja riß sämtliche Fenster auf, trat auf eine winzige Balkonette hinaus, blickte hinunter in den düsteren Hof. Auf Müllcontainer, Parkplätze und einen längst vertrockneten riesigen Weihnachtsbaum, für dessen Entsorgung wohl niemand verantwortlich war. Schmutziggraue Lamettareste hingen zwischen seinen entnadelten Zweigen, wie billiger Silberschmuck am dürren Hals einer verblichenen Frau. In dunkelfeuchten Mauerecken verwesten Taubenkadaver, ein läufiger Kater maunzte.

Im Haus gegenüber stürzte plötzlich eine Frau auf ihren Balkon. Nackt, zweifellos betrunken, und schrie: „Mein Gott, ich will endlich mal wieder richtig gevögelt werden. Ist das etwa zu viel verlangt, hey? Verdammt noch mal!"

„Fuck dir by yourself, Baby!", empfahl eine Fistelstimme von irgendwoher. Die Frau erbrach sich ausgiebig und torkelte dann zurück in ihre Wohnung.

Ein paar Stockwerke unter ihr saß ein kleiner Junge im Fenster, fraß einen Hamburger und furzte gelegentlich.

Tolles Ambiente hier, dachte Anja. Echt multikulti. Irre! Sie trat zurück ins Zimmer, verteilte ihre wenigen Habseligkeiten über den Raum. Danach hatte sie eigentlich das Bedürfnis zu heulen und gleich wieder davonzulaufen. Aber wohin? Ihr kam eine Idee. Sie stürmte aus dem Haus, hetzte so lange durch Haupt- und Seitenstraßen des Viertels, bis sie ein Spielzeuggeschäft gefunden hatte. Dort kaufte sie für ihr letztes Geld einen riesigen Teddy.

Wieder zurück im Apartment, ließ sie sich in einen der Ledersessel fallen, im Arm ihren neuen Lebensgefährten, und wartete verzweifelt auf ihr Glück.

Die Zeit stand wie Blei im Zimmer. Erst nach Stunden würde Linda kommen, um mit ihr durch die nächtliche Szene zu streifen. Anjas Blick fiel auf ein Telefon. Würde es angeschlossen sein? Ja, es funktionierte. Wen jedoch sollte sie anrufen, etwa Marc? Nein, das kam nicht in Frage. Am liebsten hätte sie in diesem Moment ein paar Worte mit ihrer Mutter gewechselt. Nur um ihr zu sagen, daß es vielleicht doch ein Fehler gewesen war, einfach wegzulaufen, ohne jedes Ziel, nur mit Wut und Ekel im Bauch. Zum Abschied hätte sie ihr wenigstens einen Zettel mit ein paar erklärenden Worten auf den Küchentisch legen sollen. Stattdessen hatte sie über hundert Euro aus dem Küchenschrank genommen und sich heimlich davongemacht. Hatte sich feige wie ein Dieb verdrückt, wie ihr Vater vor Jahren, als er seinen Job verlor und eine Jüngere kennenlernte.

Scheiße!, dachte Anja. Alles hatte sie einfach hingeschmissen. Ein Jahr vor dem Abi die Schule, ihre Freundschaften und ihr kleines Familienglück. Das war in Wirklichkeit zwar eher ein großes Unglück gewesen. Aber selbst daran konnte man hängen. Ständiges Unglücklichsein schafft auch Bindungen, dachte sie. Am meisten vermißte sie Oma und deren schönen Garten am See. Und natürlich ihren geliebten Terrier *Carlo*. Leider hatte sie den Rüden nicht auftreiben und mitnehmen können, als sie an jenem Sonntagmorgen spontan den Entschluß faßte, zu gehen.

Nein, rechtfertigte sich Anja, ich hätte keinen Tag länger bleiben dürfen, nicht einmal wegen Mutter mit ihren Herzbeschwerden und den offenen Beinen, die sie zweimal am Tag unter Stöhnen wickelte, während sie die Küchenfliegen vom durchnäßten Verband wegscheuchte. Ekelerregend! Es war wirklich allerhöchste Zeit gewesen, abzuhauen.

Die ersten Wochen hielt sie sich mit Gelegenheitsarbeiten im Hamburger- und Fischstäbchenmilieu über Wasser. Kroch nachts bei Tagesbekanntschaften unter oder schlief sogar im Freien, wenn das Wetter es zuließ. Einmal blieb sie für eine Woche bei einem Zahnarzt, der sie angeblich heiraten wollte. Dann kam seine Frau unerwartet aus dem Urlaub zurück, mitten in der Nacht, weil ihr Geliebter sie rausgeschmissen hatte, und es gab einen riesigen Krach. Kurz darauf lernte sie Marc kennen, den liebenswerten Phantasten. Würde er sie wieder aufnehmen, falls sie als Shootingstar oder Glamourgirl scheitern sollte? - Sie würde nicht scheitern!

Endlich kam Linda, Stunden später als verabredet. Sie spürte auf Anhieb, was in Anja vorging. „Du hockst hier ja wie ein Schluck abgestandenes Wasser", tadelte sie. „Hast wohl plötzlich die Hosen voll, wie? Gut, ich bringe dich zu deinem Marc zurück, falls du das wirklich willst. Also?"

„Ist schon okay", sagte Anja. „Es kam alles so plötzlich, aber es ist total okay!"

„Jetzt höre mir bitte mal sehr gut zu, Mädchen", Linda ging jetzt betont freundschaftlich auf ihren Schützling zu, griff nach Anjas Hand. „Es gibt Momente im Leben, da muß man sich entscheiden, muß sich losmachen können, muß springen können. Ja, springen muß man können, wenn die Stunde da ist und es notwendig wird. Und zwar ohne Wenn und Aber. Also, was ist?"

Anja hatte das lange Warten genutzt um herauszufinden, welche ihrer spontan zusammengekauften Boutiqueklamotten am eindrucksvollsten miteinander kombiniert werden konnten. Linda war mit dem Outfit prinzipiell zufrieden, allerdings fand sie die Frisur ihres Schützlings haarsträubend. „Da sieht gleich jeder, daß du aus dem Reich verblühender Landschaften kommst: Mecklenburg-Vorpommern, um Gottes Willen! Sie zerrte Anja vor den Spiegel im Bad, kramte allerlei Utensilien aus ihrer Handtasche hervor und schaffte es tatsächlich, Kopf und Gesicht ihres Opfers innerhalb weniger Minuten eindrucksvoll zu denaturieren. Mit Schere, Haarnadeln, Spangen, Stiften und reichlich Chemie aus diversen Tuben. „Na endlich, mein Kind", sagte sie triumphierend, „so wird man dich überall beachten. Denn nun siehst du ziemlich genauso aus, wie alle anderen auch. Allerdings um einen winzigen Deut cooler, und genau das ist wichtig! Nun komm schon, ich zeige dir jetzt, wo in unserer Stadt der Bär steppt."

Sie nahmen ein Taxi. Weil es Zeit für ein warmes Essen war, wollte Linda zunächst ins *Engelbrecht*, denn neuerdings hatte sie mal wieder Appetit auf solide Hausmannskost. „Tag für Tag Wachteln, Kaninchen, Lamm, Lachsstreifen, Meeresfrüchte, Prosecco – nee danke!", lamentierte sie. „Die Nouvelle Cuisine ist mir eh längst zuwider. Riesige Teller mit nichts drauf in der Mitte, vom Salatkonfetti am breiten Rand einmal abgesehen. Das geht mir schon lange auf Geist und Magen. Am widerlichsten sind mir diese dürren Wachtelbeinchen, die einem neuerdings aus jedem mittelmäßigen Salat wie Zahnstocher entgegenstarren. Kürzlich sah ich mal im Fernsehen, wie diese Tierchen hochgepäppelt werden. Dicht gedrängt wachteln sie so lange in ihrem eigenen Mist herum, bis sie endlich das erforderliche Abschlachtgewicht erreicht haben. Anschließend dreht man ihnen den Hals um, rupft sie und erklärt sie zur Delikatesse. So läßt sich aus Mist und Wachteln Geld machen." Anja nickte artig, wie Menschen es tun, die nicht genau wissen, worum es eigentlich geht.

Unterwegs, wenn sie an Lokalen vorbeikamen, die Linda für bemerkenswert hielt, gab sie knappe Kommentare ab. So erfuhr ihr Schützling, bei *Borchardt* könne man echt prominente Politiker treffen und auch anmachen, außerdem sei das Wiener Schnitzel dort hervorragend und relativ preiswert. Das Lokal *Lutter & Wegner* erwähnte sie nicht wegen seiner Speisen, die sie als schwer genießbar einstufte, sondern weil dort neuerdings unbedingt ernst zu nehmende Medienmanager herumhockten. „Da solltest du dich regelmäßig sehen lassen", empfahl sie. „Ohne Kontakt zu diesen Typen läuft absolut nichts!"

Das *Café Anita Wronski* hielt Linda wegen seines üppigen Brunchs für bemerkenswert. „Dort fressen sich durchreisende Hungerleider zum Pauschalpreis für zwei Tage satt. Es wäre klug von dir", warnte sie, „den Laden zu meiden. Außer, du willst deine Figur unbedingt ruinieren. Vom Publikum her läuft da ohnehin nichts von Bedeutung herum. Vor allem jede Menge Touris lümmeln an den Tischen. Milchkaffee trinken ist dort auf zwei Etagen angesagt. Wer sich für besonders interessant hält, bestellt dazu ein Glas Wasser auf Französisch: *Le serveur, un verre d'eau demandé!* - Obszön!"

Nach einer erlebnisreichen Nacht war Anja gegen Morgen zurück in ihrem Apartment. Während sie ihre Schuhe durchs Zimmer kickte und sich danach angekleidet aufs Bett warf, mußte sie plötzlich an ihre Mutter denken. Wie an jedem Morgen zu dieser Zeit, dachte Anja, wird sie gerade am Küchentisch sitzen, ihre Beine frisch wickeln, lästige Fliegen verjagen und Schonkaffee trinken, weil der Arzt ihr richtigen Kaffee verboten hat. Wegen der Herzbeschwerden, wie es hieß. Anschließend würde sie zum neu eröffneten Supermarkt am Stadtrand humpeln, wo man ihr einen zeitlich befristeten Halbtagsjob zugewiesen hatte. Sie würde ihren übergewichtigen Körper für sechs Stunden in die viel zu eng bemessene Nische hinter der Kasse zwängen, in einen Halbtagsjobkäfig, der kaum mehr als einen halben Quadratmeter maß.

Wenn meine Mutter zwölf Hühner wäre, dachte Anja, dann würde jeder Tierschutzbeauftragte wegen dieser Schweinerei vor Gericht ziehen. Und gewinnen. Denn zwölf Hühner, das stand mal in der Zeitung, haben einen Rechtsanspruch auf mindestens einen Quadratmeter Lebensraum. Aber meine Mutter ist keine zwölf Hühner, dachte Anja. Sie ist eine arme Sau. Ich sollte ihr unbedingt das geklaute Geld zurückschicken. Mit diesem Gedanken schlief sie ein.

Erst am frühen Nachmittag erwachte sie wieder, kuschelte mit ihrem Teddy noch eine Zeit lang im Bett herum und rief sich dabei die Eindrücke der letzten Nacht ins Gedächtnis zurück. Nach dem Abendessen hatte Linda ihr eine lange Reihe weiterer Lokale vorgestellt, die sie unter dem Sammelbegriff *Nachtluken* einordnete. In der *925 Lounge Bar* hatten sie an der einzigen Theke der Stadt, die komplett aus echtem Silber gefertigt war, ein paar Drinks abgesaugt. Danach ging's zu *Lore*, wo sich auch nach dem Börsenkrach immer noch ein paar Jungmillionäre mit den schönsten Mädchen amüsierten. Anschließend weiter ins *Newton!* Da warteten Frauen mit viel Haut und wenig Textilien auf Männer mit Geld, die bereit waren, großzügig einen auszugeben und auch sonst nicht mit Angeboten sparten.

Im *Kumpelnest 3000* hielten es Linda und Anja nur für wenige Minuten aus. Zu Kompaktlärm deformierte Musik durfte sich dort derartig ungehemmt austoben, daß der Barmann seinen Gästen die Bestellung von den Lippen ablesen mußte. „Ein Laden, der selbst für Taubstumme problematisch ist", stellte Linda fest.

Irgendwann später verlor Anja ihre Beschützerin aus den Augen. Es mußte wohl in der Kneipe von *Andy & Andy* passiert sein. Obwohl die beiden schwulen Wirte erst kürzlich geheiratet hatten, als eines der ersten Ehepaare der *Neue-Mitte-Kultur*, wie Linda das nannte, wollten Stammgäste bereits von einer ernsten Krise zwischen den Jungvermählten wissen. Von der verflixten siebten Woche war die Rede, die Ehe sei zerrüttet. Andy, so wurde gemunkelt, wolle Andy verlassen und zu Jörg zurückkehren, denn man liege mehr im Streit miteinander als im gemeinsamen Ehebett. Weil aber zunächst ungeklärt blieb, unter welchen Bedingungen eine Schwulenehe wieder aufzulösen sei, machten vorerst beide gute Miene zum mißratenen Glück.

Wie auch immer, jedenfalls traf Anja in dem Lokal auf Natalie und Rosi, zwei Prostituierte mit Lebenserfahrung und viel Freude am Beruf. Diese sympathischen Frauen mittleren Alters waren ihr von Linda, bevor sie spurlos verschwand, als *der nackte Alltag* vorgestellt worden. Als posterotische Hüpfburgen für besser verdienende Opas, wie etwa alternde Internisten, dezent angeglatzte Rechtsanwälte oder rüstige Staatssekretäre im einstweiligen Vorruhestand. „Mädels wie diese", erläuterte Linda, „leben davon, daß Millionen an Monogamie erkrankt sind. Da leisten sie halt Erste Hilfe."

Beide Huren, in der Szene auch als *Lapplandluder* bekannt, weil sie angeblich auf Elchfelle standen, beklagten die schlaffe Konjunktur. „In unserer Stadt ist es verdammt schwierig geworden, die schnelle, gut bezahlte Nummer an den Mann zu bringen. Trotz der vielen Politiker hier", schimpfte Natalie. „Anstatt am Wochenende mit der Flugbereitschaft in ihren Wahlkreis oder nach Mallorca zu düsen, sollten gewisse Volksvertreter lieber häufiger mal bei uns vorbeikommen. Aber die haben ja heute wahnsinnige Ängste wegen der Papparazzis. Vor jedem Promipuff lauert ständig ein Rudel Fotografen herum und hofft darauf, daß ein Minister oder Botschafter aus der Tür kommt. Mit hochgeschlagenem Mantelkragen.

Das Inserieren wird auch ständig teurer, bringt kaum noch lukrative Kontakte. Da rufen vor allem Telefonvoyeure und verklemmte Gelegenheitswichser an: *Ich alles billiger, aber gut!* Das kommt von diesem irren Konkurrenzdruck! Ich bin ja nicht fremdenfeindlich, aber die minderjährigen Girlies aus dem Osten machen uns echt total zu schaffen."

„Stimmt", pflichtete Rosi ihr bei. „Früher blieb mehr hängen, fast immer wurde gezahlt, was man verlangte. Das ist inzwischen anders. Manche Freier, vor allem Beamte, meinen, sie könnten handeln, weil das Rabattgesetz und die Zugabeverordnung liberalisiert wurden. Aber die fliegen gleich raus bei mir. Trotz allem, es geht mir nicht schlecht. Bevor ich Hure wurde, habe ich mal zwei Jahre lang für ein Kaufhaus Teppichboden verlegt. Das war echt Knochenarbeit. Heute bin ich besser dran. Schlafe jeden Morgen bis ungefähr zehn Uhr, frühstücke in Ruhe, dusche. Gehe dann ins Arbeitszimmer, mache es romantisch: Kerze, Duftwasser, Kissen und so weiter, und erwarte anschließend meinen ersten Freier. Manchmal bete ich vorher sogar ein bißchen. Jesus soll ein Herz für Huren gehabt haben, sagt man."

„Ich könnte euren Job nicht machen", bekannte Anja. „Mit Männern in die Kiste gehen, die ich gar nicht liebe – tierisch!"

„Manchmal macht das schon Probleme", gestand Rosi. „Aber darunter leiden viele Ehefrauen auch. Trotzdem, für mich überwiegen die Vorteile. Man ist nie notgeil und sieht immer frisch gevögelt aus. Welche Ehefrau kann das schon von sich behaupten. Stimmt's, Natalie?"

„Hast im Prinzip Recht. Allerdings gefällt es mir hier nicht mehr. Ich haue wahrscheinlich ab nach Bayern", sagte Natalie. „Da stimmen die Preise noch einigermaßen. Dort fängt es so bei mindestens 50 Euro an, und jedes kleine Extra bringt weitere 25 Piepen. Außerdem sind die Männer da unten nicht so versaut. Viele tragen ein Goldkettchen mit Kreuz, manche haben neuerdings sogar Slips mit aufgesticktem Edelweiß. Total süß! Das liegt wohl am Katholischen. Die Typen sind auch immer schnell fertig, man hat nicht viel Arbeit mit denen."

„Warum schnell fertig?". Anja war neugierig geworden.

„Wegen ihres schlechten Gewissens. Denen ist klar, daß ihnen der liebe Gott beim Fremdgehen zuschaut. Und je früher sie fertig sind, desto weniger haben sie gesündigt. Logisch, oder? So ist es nun mal: Dem einen kommt es aus Lust, dem anderen vor Angst. Kapiert?" Anja nickte.

„Ich bleibe lieber hier", erklärte Rosi, die sich im Gespräch als kluge, weitsichtige Frau präsentierte. Seit einiger Zeit suchte sie nach einem neuen Konzept, um im hart umkämpften Marktsegment der käuflichen Lust nicht unbefriedigt auf der Strecke zu bleiben. Inzwischen hatte sie genaue Vorstellungen entwickelt. Weil in den Medien immer wieder die Rede davon war, daß schon in wenigen Jahren mindestens jeder Dritte ein Allergiker sein würde, wollte sie eine bislang nicht erkannte Marktnische bedienen und ihr angemufftes kleines Studio zum ersten Öko-Puff der Stadt umrüsten.

„Meine alte Einrichtung fliegt komplett auf den Sperrmüll", schwärmte sie. „Samt aller Tapeten und dem verfilzten Teppichboden, der für Milliarden Milben zur liebgewonnenen Heimat geworden ist. Danach richte ich mich mit Mobiliar aus unbehandelten Naturhölzern ein und schaffe Handtücher und Bettwäsche aus naturbelassener Baumwolle an. Oder aus Hanf, das wäre noch besser. Für meine Freier gibt es dann nur noch Präservative aus ungefärbtem Naturkautschuk."

„Sie spinnt", erregte sich Natalie, die von Phantastereien dieser Art absolut nichts hielt. „Mit 'nem Öko-Puff für Allergiker gehst du baden! Wer Heuschnupfen hat oder sich ständig kratzen muß, kommt sowieso nicht zu uns. Das sind Gehemmte ohne Lebensfreude. Außerdem darf die Arbeitsatmosphäre nicht zu nüchtern sein. Langweilige Schlafzimmer, wo die Bettbezüge nach Weichspüler riechen und alles pingelig aufgeräumt ist, das kennen die meisten Freier doch von zu Hause. Im Puff muß es zwar sauber und adrett sein, aber die Grenze zwischen vernünftiger Hygiene und Sterilität darf nicht überschritten werden. Sonst würde die Gemütlichkeit leiden. Der klassische Puffgänger hängt nach wie vor am traditionellen Bordellkitsch mit Plüschtierchen, bunten Kuschelkissen, Perserbrücken und gedämpftem Rotlicht. Da sollte man keine Experimente machen."

Die beiden Horizontalen verabschiedeten sich. Irgendein Typ drängte in die entstandene Lücke, einer mit angekauten Fingernägeln, was Anja sofort auffiel. Angetrunken war er sowieso. Er wollte an ihr herumgrapschen. Sie wußte zwar hinterher nicht mehr ganz genau, woher sie den Mut dafür so schnell nahm; jedenfalls verpaßte sie ihm ohne Vorwarnung eine kräftige Ohrfeige und sagte: „Tatuuh, mein Kleiner, die hast du dir ehrlich verdient!" Danach war Ruhe.

„Bravo," lobte eine überformatige Blondine aus der zweiten Thekenreihe. „Mit Muttersöhnchen dieser Sorte muß man kurzen Prozeß machen. Wie überhaupt mit sämtlichen Männern – egal! Die süßen Saurier mußten leider aussterben, während diese überflüssige Spezies Mensch überlebte. Gott hätte das nicht zulassen dürfen."

Später, Anjas Taxi wartete bereits vor der Tür, warnte sie eine Bedienung vor der kompakten Blondine. „Du scheinst neu hier zu sein, deshalb rate ich dir: Halte Abstand zu der Tante mit ihrem Silikonspoiler! Wir nennen sie heimlich die *Eiswumme*. Vor Jahren, als fast jeder von den Älteren hier seine besseren Zeiten hatte, war sie der Star von *Holidays on Ice*. Eine Elfe auf Schlittschuhen. Damals, was für ein schreckliches Wort! Millionäre standen Schlange vor ihrem Bühnenausgang. Sie holte Heiratsanträge aus dem Briefkasten, wie unsereins Mahnungen oder Postwurfsendungen. Dann bekam sie einen Bruch im Fußgelenk, und alles war vorbei. Über Nacht und für immer. Seitdem säuft und frißt sie, hat Zuwachsraten wie ein erstklassiger Immobilienfond. Rein körperlich gesehen natürlich. Falls sie jetzt noch einer heiraten wollte, dann müßte er sicherlich Grunderwerbssteuer zahlen. Aber für diese Investition findet sich niemand mehr. Aus Frust darüber hat *Eiswumme* die Fronten gewechselt, und läßt sich neuerdings in regionalen Talkshows als Kampflesbe vom Dienst vermarkten. Sei also gewarnt!"

„Tatuuh", hatte Anja lächelnd geantwortet und war im Taxi nach Hause gefahren. Jetzt lag sie also immer noch im Bett, und wenn es nicht stürmisch geklingelt hätte, dann wäre es zunächst dabei geblieben.

Linda kam. Sie wirkte nervös, beinahe aggressiv, denn sie hatte am Vormittag eine Auseinandersetzung mit Panne gehabt, der plötzlich nichts mehr von der geplanten Geschichte mit Denis Schalck wissen wollte. Das Gespräch war so abgelaufen:„Was hältst du eigentlich von dieser Anja?", hatte Panne vorsichtig angefangen.

„Was soll die Frage? Etwa kalte Füße bekommen, wie?"

„Ausgerechnet dieses Mädchen? – ich weiß nicht so recht. Sie ist noch ein Kind!" Es klang wie eine Warnung. „Ich habe Schwierigkeiten mit unserem Vorhaben."

„Ich überhaupt nicht", hatte Linda bekräftigt. „Natürlich ist sie noch ein Kind. Das sind sie alle in ihrem Alter. Willst du etwa eine fünfundzwanzigjährige Oma auf Denis ansetzen? Unmöglich! Sie paßt mir genau ins Konzept: Jung, hübsch und noch dazu eine perfekte Mischung aus Unerfahrenheit, Dummheit und Raffinesse. Schlagfertig scheint sie außerdem zu sein."

„Und falls der Denis nicht auf sie anspringt? Jede Nacht könnte er zehn andere haben."

„Er wird springen. Mit Freuden."

„Wieso bist du sicher?"

„Ich kenne sein Opferprofil."

„Woher? Kannst du es mir näher beschreiben?"

„Nein, kann ich nicht. Mein Instinkt sagt es mir. Das reicht. Verlaß dich auf mich!"

„Nichts gegen deinen Instinkt, mir stinkt die Sache trotzdem. Am besten, wir steigen sofort wieder aus", hatte Panne verlangt. „Bevor der Zug richtig in Fahrt kommt und dann möglicherweise in die falsche Richtung dampft. Mir ist das alles zu riskant. Stell dir nur einmal vor, das Mädchen entpuppt sich als Plaudertasche und läßt uns allesamt hochgehen. Aus Dummheit, Berechnung oder aus anderen Gründen – egal! In jedem Fall hätten wir eine Katastrophe am Hals. Der Schalck würde uns verklagen, die Konkurrenz sich totlachen, und wir beide unseren Job verlieren."

„Der Verleger steht ohne Einschränkungen hinter uns, wie er mir gerade am Telefon erneut versicherte", hatte Linda argumentiert. „Was also kann uns passieren?" Nach längerer Diskussion waren Panne und sie übereingekommen, dem Projekt eine Testphase von zunächst 10 Tagen zuzugestehen. Erst danach sollte entschieden werden, ob es besser sei, die Sache zu kippen.

Linda hatte auf Sieg gesetzt, wie immer, wenn eine Sache brenzlig wurde: Augen zu und durch! Auch ihr waren nämlich während des zurückliegenden Nachtbummels mit Anja leise Zweifel gekommen.

Selbstverständlich hatte sie jede Reaktion ihres Schützlings mit wachen Augen verfolgt. Zugegeben, irgendetwas an dem Mädchen mißfiel ihr. Sie war wohl in mancherlei Hinsicht noch zu unfertig, zu naiv. Insbesondere schien es ihr entschieden an jenem Ehrgeiz zu mangeln, den Menschen unbedingt entwickeln müssen, wenn sie hochgesteckte persönliche Ziele rücksichtslos durchsetzen wollen. Möglich sogar, daß Anja zur Sentimentalität neigte, eine Eigenschaft, die Linda zutiefst verabscheute.

„Ich muß gleich nachher für ein paar Tage in die Staaten düsen", begann Linda etwas unsicher. „Wegen Interviews mit diesem Jackson und einem weiteren Showgespenst. Wir müssen vorher noch kurz miteinander besprechen, wie es nun weitergehen soll. Was für ein Gefühl hast du eigentlich bisher?"

„Ich weiß nicht", wich Anja aus.

„Also kein gutes Gefühl?"

„Schon, aber..."

„Der Appetit wird beim Essen kommen, auch wenn dir zwischendurch ein wenig übel werden sollte und du vielleicht sogar mal kotzen mußt. Völlig in Ordnung, das reinigt den Magen. Entscheidend allein ist das Ziel: du kannst berühmt werden und viel Geld abkassieren! Das mußt du dir unbedingt stets vor Augen halten. Die Frage nach den Mitteln, mit denen man Ungewöhnliches erreichen kann, hat nichts mit Moral sondern ausschließlich etwas mit Pragmatismus zu tun. Denk etwa an die letzten Wahlen in den USA. Als Bush befürchten mußte, sein Rivale könnte Sieger werden, ließ er die Auszählung entscheidender Wählerstimmen einfach per Gerichtsbeschluß stoppen. Er gewann und wurde dadurch möglicherweise zum ersten Präsidenten des Landes, der sein Amt nicht den Wählern, sondern einflußreichen Richtern zu verdanken hat. In Amerika sagte mir gestern ein Kongreßabgeordneter: Busch wurde nicht gewählt, sondern ausgewählt. Ein unglaublicher Vorgang, aber niemand nahm daran wirklich Anstoß. Im Gegenteil. Politiker aus aller Welt gratulierten ihm damals zum Sieg. Heute wird Busch geachtet, weil man ihn fürchtet und für fähig hält, seine Interessen notfalls bedenkenlos durchzusetzen. Notfalls durch Krieg. Was lernen wir daraus? Merke dir bitte einmal Folgendes, mein Kind: Grundsätzlich gibt es nur zwei Sorten Menschen, Beißer und Gebissene. Willst du ewig zu den Gebissenen gehören? Dann darfst du dir ein Leben lang deine Wunden lecken. Äußerst erstrebenswert, nicht wahr?"

„Ich verstehe nichts von Politik", sagte Anja. Nach einer kurzen Pause fügte sie hinzu: „Ich glaube, deine Einstellung nennt man Zynismus, habe ich Recht?"

„Selbstverständlich bin ich Zynikerin. Früher war ich katholisch, streng katholisch. Habe an Gott geglaubt, an den *lieben Gott*. Aber der war nie dort, wo er gebraucht wurde. Heute sehe ich das Leben so, wie es ist: Interessant, schön und brutal. Man kann das Zynismus nennen, wenn man keine Illusionen mehr hat."

„Mit dieser Einstellung müßtest du ja alle Menschen hassen."

„Du irrst! Ich mag Menschen sogar sehr. Richtiger ausgedrückt, ich finde sie in jeder Beziehung wahnsinnig interessant, denn wir alle befinden uns auf einer bemerkenswerten Zwischenstufe der Entwicklung. Wenn schlaue Köpfe nicht irren, dann begann diese bekanntlich beim Tier, das du in fast allen von uns noch deutlich wiedererkennen kannst. Setzt dich mal für eine Stunde in ein Straßencafé und schau den Vorbeigehenden hinterher. Dann begegnest du dem Affen, der Hyäne, dem Fuchs oder dem Geier ebenso wie der Henne, dem Habicht, der Schnepfe oder der Schlange. Besonders häufig scheint mir zur Zeit der Typ des Geiers vorzukommen, speziell bei Frauen. Nun, es wird noch viel Zeit vergehen, bis wir das Animalische in uns völlig überwunden haben. Erst danach kann ein völlig neues Wesen entstehen. Das wird dann weder etwas mit Tier noch mit Mensch zu tun haben. Vielleicht werden wir alle zu Göttern, wer weiß? Bis auf weiteres sind wir jedenfalls Tiermenschen oder Menschentiere. Man kann es so oder so sehen. Wurscht!"

„Bist du auch noch ein wenig Tier?", fragte Anja vorsichtig. „Vielleicht Schlange?" Lindas Antwort bestand in einem schwer zu deutenden Lächeln. Kann sein, dachte Anja, daß sie bereits auf dem Weg zur Göttin ist. Oder sie ist noch viel mehr Tier als der Durchschnitt. Und Anja dachte auch, daß Linda sie wahrscheinlich für ein Schaf hielt.

„Wir wollen hier nicht länger herumphilosophieren", entschied Linda nun in nüchternem Tonfall. „Das führt bekanntlich zu gar nichts, außerdem gibt es Wichtigeres zu besprechen." Sie kramte einen Zettel aus ihrer Handtasche hervor. „Hier ist eine Liste von Lokalen, in denen du dich bis Donnerstag unbedingt sehen lassen mußt. Freitag bin ich zurück, abends gehen wir dann zusammen auf eine Party, wo auch Denis Schalck hinkommen wird. Es wird dein erster Fronteinsatz, auf den du gut vorbereitet sein mußt.

Deshalb gehst du vorher zu einem gewissen Dr. Gräther, unserem Psychocoach. Er ist im Prinzip darüber informiert, was wir zusammen planen. Laß dich trotzdem nicht ausfragen. Hier ist seine Telefonnummer, sprich gleich heute einen Termin mit ihm ab."

„Psychocoach, was soll ich denn bei dem Typ?"

„Mein Gott, Kind, du mußte doch eine ungefähre Ahnung davon haben, wie man mit dem Schalck am besten umzugehen hat. Wer eine Falle aufstellt muß wissen, mit welchem Köder er sein Opfer anlokken kann. Dieser Gräther hat über alle Promis äußerst detaillierte Psychogramme erstellt..."

„Was sind Psychogramme?"

„Das sind Analysen, aus denen alles über die jeweils betroffene Persönlichkeit hervorgeht. Also welche Komplexe sie hat, mit welchen Schwächen, Vorlieben, Eitelkeiten oder Ängsten man bei ihr rechnen muß. Ob sie labil und beeinflußbar, geizig oder großzügig ist, und so weiter. Am wichtigsten ist es immer, etwas über die Komplexe und geheimen Sehnsüchte eines Menschen zu erfahren. Mit diesem Wissen verfügst du über eine schlagkräftige Waffe. In diesem Zusammenhang denke ich vor allem an ungestillte sexuelle Bedürfnisse. Über diese Schiene sind sie alle zu packen. Vom kleinen Angestellten bis hin zum Bischof oder sogenannten Spitzenpolitiker. Immer wieder stolpern Minister und komplette Regierungen über die allzu menschliche Freude am kleinen Unterschied."

Linda hastete nach einem flüchtigen Abschiedskuß davon und stand bereits am Fahrstuhl, als Anja ihr hinterherlaufen mußte. „Hey", schrie sie ins

Treppenhaus, „mir fällt gerade ein, daß ich völlig blank bin!"

„Wie ist dir denn das zugestoßen?"

„Alles ausgegeben, nur ein paar Klamotten gekauft und so." „Hochachtung!", lobte Linda. „Du entwickelst dich doch schneller als erwartet! Gier ist der beste Antrieb, um schnell nach oben zu kommen!" Sie kramte eine Geldkarte aus ihrer Tasche hervor. „Nimm. Die ist mit zweitausend aufgeladen. Damit mußt du bis Freitag auskommen."

„Danke, ich werde mich zurückhalten."

„Und noch etwas", ordnete Linda an, bevor sie im Fahrstuhl verschwand: „Du brauchst dringend Visitenkarten! Nur mit *Tatuuh* und deiner Handynummer drauf. Weiter nichts. Alles klar?"

„Alles klar, ciao!"

Am Vormittag darauf saß Anja im Büro von Dr. Gräther. Der anscheinend gehemmte Mann mittleren Alters wirkte trotz seiner raumbeanspruchenden Leibesfülle abwesend. Dieser Klops soll angeblich etwas über Komplexe und Sex wissen, dachte Anja. Na schön!

„Da sind Sie ja", sagte der Psychologe zur Begrüßung, wonach er seine Besucherin für längere Zeit kaum wahrzunehmen schien. Selbstvergessen kritzelte er zunächst ineinander verschlungene Kreise auf ein Stück Papier.

„Na gut", sagte er schließlich, „kommen wir auf diesen Denis Schalck zu sprechen. Auf dieses groß gewordene Kind ohne Kindheit, dem man sein Spielzeug wegnahm und ihm dafür einen Tennisschläger in die Hand drückte. – Übrigens, ist Ihnen eigentlich bewußt, was da alles auf Sie zukommen kann?" Anja nickte.

Gräther zog eine Akte zu sich heran. „Reden wir weniger über die sogenannten Stärken unseres Stars, die allseits hinlänglich bekannt sind. Obwohl es sich, genau betrachtet, bei diesen Stärken gar nicht um solche handelt, sondern eher um weitgehend unbewußte Reflexe, mit deren Hilfe Schalck seine unerfüllten Sehnsüchte und Träume kompensiert. Napoleon, zum Beispiel, hätte niemals das Bedürfnis gehabt, ganz groß zu werden, wenn er in Wirklichkeit nicht so klein gewesen wäre. Deshalb mußte er nach seinem Aufstieg auch nach dorthin zurückstürzen, woher er kam. Wirklich große Menschen scheitern nicht an ihrem Aufstieg. Niemals! Sie verstehen sicherlich, was ich damit meine?"

„Selbstverständlich", sagte Anja. „Mein Freund studiert nämlich Philosophie." Ihr war nicht sonderlich wohl zumute und sie hoffte, bald wieder gehen zu dürfen..

„Es wird Sie wahrscheinlich überraschen", fuhr Gräther fort, „daß unser Sportkamerad trotz seiner bewundernswerten Erfolge ein ziemlich unglücklicher Mensch ist..."

„Der und unglücklich?", wandte Anja ein. „Bei dem vielen Geld?"

„Damit wir uns richtig verstehen: Unglücklich ist jeder Mensch, der eine Rolle lebt oder leben muß, die nicht wirklich zu ihm paßt. Bei Denis trifft das zu. Im Grunde genommen würde es ihm viel besser tun, mit seiner Familie eher zurückgezogen zu leben, über Gott und die Welt nachzudenken, sich eine herausfordernde Aufgabe in der Gesellschaft zu suchen, und vielleicht sogar gelegentlich zu meditieren. Unter anderen Entwicklungsbedingungen hätte er auch Mönch im Kloster werden können."

„Wie kommen Sie auf Kloster", entfuhr es Anja, „ist er etwa schwul?"

„Unsinn!", Gräther schien über diese Bemerkung verärgert zu sein. „Es geht darum, daß der Denis von seiner seelischen Grundstruktur her ein Mensch ist, der mit großem Ernst Fragen ans Leben stellen sollte, anstatt sich auf Tennisplätzen auszutoben!"

„Warum tobt er sich dann öffentlich aus? Ich denke schon, daß es ihm Spaß macht."

„Stimmt – und auch nicht. Er braucht diesen Rummel um seine Person, die tägliche Publicity, das Bad in der Menge, vor allem aus zwei Gründen. Einerseits, weil er von krankhaftem Ehrgeiz getrieben wird, zum Perfektionismus neigt, und weil er ein tief in ihm verwurzeltes Gefühl von Einsamkeit überspielen will. Zum anderen, weil er geradezu danach giert, von möglichst allen geliebt und anerkannt zu werden, denn er stellt sich selbst ständig infrage."

„Das hört sich ja ziemlich kompliziert an", stöhnte Anja. „Gott sei Dank bin ich nicht Psychologin geworden, und kann daher Menschen viel unbefangener beurteilen."

Gräther lächelte nachsichtig und erging sich danach noch in langatmigen Erklärungen über Schalcks schicksalhafte Leidenschaftlichkeit. Denis werde, so der Psychologe, über kurz oder lang alle Schattierungen seiner bislang unterdrückten Gefühlswelt ausleben *müssen*, eine Problematik, die von einer defekten Mutter-Sohn-Beziehung herrühre. In ihm lägen sozusagen sämtliche Spielarten von Triebhaftigkeit, Trotz, Groll, Mißtrauen und Ohnmacht ständig auf der Lauer. Wie kaum ein anderer kenne er die Verquickung von Liebe und Macht, Verlustangst und Kontrolle, von Symbiose und Liebesdefiziten. Schalck leide daher unter einem enormen sexuellen Gefühlsstau, der sich schon bald in einem Dammbruch unkontrolliert entladen könne. „Es ist abzusehen", prognostizierte Gräther düster, „daß er eines Tages psychotherapeutische Hilfe in Anspruch nehmen muß."

Anja verstand kaum etwas, nickte jedoch regelmäßig und war auf jeden Fall beeindruckt. Dr. Gräther entließ sie mit einer Empfehlung. „In Hinblick auf Ihre delikate Mission, die ich allein schon aus beruflichen Gründen mit größtem Interesse begleiten werde, möchte ich Ihnen ein paar Tips mit auf den Weg geben. Schalck ist es bekanntlich gewohnt, zu siegen. Weil er zudem von Natur aus ungeduldig ist, möchte er stets schnell ans Ziel kommen, also ohne lange Umwege. Je schwerer Sie es ihm machen, um so größer wird darum seine Gier nach Erlösung sein. Und noch etwas, ein Geheimtip, wenn Sie so wollen", Gräther grinste widerlich, völlig unakademisch, wie Anja fand: „Ich könnte mir vorstellen, daß er als Tennisprofi auf Netzstrümpfe steht. Der Anblick von Netzen muß ihn naturgemäß zum Angriff reizen, so wie ein Stier zwanghaft zustößt, wenn man ihm ein rotes Tuch vorhält."

Dieses Argument leuchtete Anja ein. „Echt cool, wie Sie mir alles erklärt haben", lobte sie. Gräther stutzte, lächelte listig: „Gestatten Sie mir zum Abschluß eine dumme Frage?"

„Warum nicht, wenn ich danach gehen darf. Habe total wichtige Termine."

„Was meinen Sie eigentlich damit, junge Frau, wenn Sie *cool* sagen?"

„Na ja, - eben *cool*. Was sonst?", erläuterte sie ihm unsicher.

„Aha, *cool* bedeutet demnach so viel wie *cool*. Ist das richtig?"

„Echt." Und dann kam ihr, wie sie meinte, ein genialer Gedanke. „*Cool* ist *cool* ist *cool*. Das ist wohl eine Art Dadaismus."

„Interessant, ich hätte es mir eigentlich denken können", meinte Gräther. „Jetzt weiß ich endlich ganz genau was mein Sohn meint, wenn er *cool* sagt." Anja fand, daß Gräther nun wahnsinnig dämlich zu grinsen begann. Sie war überzeugt, er müsse irgendwie gestört sein.

„Sie haben eine pikante Mission zu erfüllen", meinte Gräther abschließend. „Dafür wünsche ich Ihnen viel Glück!" Danach durfte sie gehen.

Nachdem sie dem merkwürdigen Psychocoach endlich entronnen war, bummelte sie stundenlang durch die City, genoß die Annehmlichkeit ihrer Geldkarte, ließ sich in einem Copyshop Visitenkarten drucken und gönnte sich auch sonst einiges. Unter anderem Netzstrümpfe. Gleich sechs Paar, eng- und weitmaschige in unterschiedlichen Farbstellungen. Später saß sie noch in einem Straßencafé herum, schaute den Vorübergehenden hinterher und fand, daß Linda eigentlich Recht hatte. Da war jede Art von Tier-Menschen vertreten: Affen, Schnepfen, Füchse, Habichte, Geier...

Mit den Resten ihres Croissants fütterte sie zänkische Tauben. Ein Köter am Nachbartisch hob sein Bein, während sein Herrchen mit angestrengter

Miene Bedeutungsloses in sein Handy sprach. Als es kühl wurde, ging sie.

Den von Linda verordneten nächtlichen Lokalbummel begann sie unprogrammäßig im *Monaco*, weil sie hoffte, Marc dort anzutreffen. Er sollte wissen, wie gut es ihr inzwischen ging.

Das Lokal war anfangs nur schwach besucht, Marc fehlte. Sie setzte sich zu den wenigen Gästen an die Bar, zwischen Pastor Freise, dem *Gewissen*, und einen irgendwie auffälligen jungen Typen, den sie hier noch nie gesehen hatte. Sie fühlte sich ziemlich einsam. Diskret auffällig schob sie ihre Geldkarte auf die Theke, und lud ihre beiden Nachbarn zum Drink ein. Man prostete einander zu, aber ein Gespräch wollte nicht aufkommen.

Wenn neue Gäste hereinkamen, blickt sie nervös zur Tür. „Auf den Marc brauchst du nicht zu warten", meinte die Wirtin Uschi. „Der ist erst einmal weg vom Fenster. Sehr weit weg, denke ich. Hat verdammt großes Glück gehabt. Und alles kam so plötzlich, praktisch über Nacht."

„Und wenn schon", antwortete Anja leichthin, als ginge sie das Thema überhaupt nichts an. "Soll er doch. War lange genug ein Versager."

Längeres Schweigen. Das *Gewissen* trank bedächtig mehrere Jack Daniels, der Unbekannte neben ihr, mit dem sie ganz gern geredet hätte, grinste derart hochmütig, daß es sie verlegen machte. Irgendwann, weil ihr die Spannung unerträglich wurde, sagte Anja mehrmals laut „*tatuuh*!" Für Sekunden zog Uschi mißbilligend ihre Augenbrauen zusammen, im übrigen jedoch schien niemand im Lokal beeindruckt oder gar irritiert zu sein. Jedenfalls gab es keinerlei Reaktionen. Ebenso gut hätte sie auch *Hey, ich bin der Papst* sagen können. Das *Gewissen* soff zielstrebig weiter, und der Fremde grinste noch unverschämter als zuvor.

„Dein Marc scheint echt das große Los gezogen zu haben", stichelte Uschi schließlich erneut, weil ihr Anjas schlecht gespieltes Desinteresse und die Angeberei mit der Geldkarte mißfielen. „Sieht nach fetter Erbschaft aus! Bares und dazu ein Mehrfamilienhaus, wenn ich richtig gehört habe. Seine Tante fiel plötzlich um. Tot, vorbei. Praktisch über Nacht ist er dann abgehauen. Karibik oder so, wird erzählt."

„So ist das Leben", meinte das *Gewissen*: „Will einer erben, muß einer sterben. Jetzt wird er wohl doch kein Philosoph werden wollen. Wer genug Geld hat, muß nicht unbedingt philosophieren. Der hat andere Sorgen."

„Wirklich, er hat geerbt?", meinte Anja beiläufig. „Und wenn schon, ich gönne es ihm. Außerdem ist es nicht mehr *mein* Marc!" Trotzig widerstand sie der Versuchung, sich über die näheren Umstände seines angeblichen Glücks zu informieren. Im Stillen dachte sie: Mistkerl, einfach abzuhauen, wo er jetzt die viele Asche hat. Typisch, paßt zu ihm. Aber ich werde es ihm zeigen!

Sie zahlte und wollte nach letztem Zögern endlich gehen, als ihr nach wie vor grinsender Nachbar sie ansprach. „Hey sagte er, „ich bin übrigens der Jens-Oliver. Denk dir meinen Namen bitte mit doppeltem Bindestrich."

„Wie sähe denn das aus?"

„So!" Er kritzelte seinen Namen auf einen Bierdeckel: Jens - - Oliver.

„In Ordnung, ich bin die Anja. Ohne Bindestrich."

„Dieses *Tatuuh*, oder was du da vorhin sagtest, das klang echt hübsch. Was bedeutet es eigentlich?"

„Nichts", antwortete sie selbstsicher. „Absolut nichts!"

„Sagst du es öfter?"

„Gelegentlich. Nur wenn es paßt."

„Sag's bitte gleich noch einmal."

„Ich denke nicht daran."

„Finde ich total originell! Etwas zu sagen, was nichts bedeutet."

„Das tun viele."

„Genau! – Was machst du sonst so, außer gelegentlich etwas zu sagen, was nichts bedeutet?", wollte Jens-Oliver wissen.

„Was machst du Typ denn eigentlich, außer ständig zu grinsen?", fragte Anja zurück. Voller Genugtuung spürte sie plötzlich Selbstsicherheit in sich aufkommen. Während Jens-Oliver jetzt näher zu ihr heranrückte, meldete sich neben ihr das längst stark angetrunkene *Gewissen* unerwartet zu Wort. „Der war früher mal Orgasmusbeauftragter für die Erstsemester bei der Uni", lallte Freise. Stand auf, zahlte und ging.

„Hat er Recht?", fragte Anja unsicher, nachdem der Pastor gegangen war.

„Quatsch", sagte Uschi. „Der hat sich gerade auf eine Beerdigungspredigt vorbereitet. Dabei fällt ihm schon mal etwas Stimmungsvolles ein. Der Typ neben dir ist in Wahrheit ein erfolgreicher Coach."

Um Gottes Willen, dachte Anja. Bitte nicht schon wieder ein Coach!

„Du bist also eine Art Psychologe?", fragte sie ihn.

„Ziemlich daneben getippt", erklärte Jens-Oliver. „Aber alles der Reihe nach. Pastor Freise hatte gar nicht so Unrecht, als er vom Orgasmusbeauftragten sprach. Für kurze Zeit machte ich tatsächlich einen ähnlichen Job."

„Total spannend, was lief denn da ab?", fragte Anja.

„Nach dem Studium war ich zunächst arbeitsloser Soziologe, logisch!", erzählte Jens-Oliver. „Später haben sie mir eine ABM-Stelle bei der Uni aufgezwungen. Es ging darum, Studienanfänger bei ihrer *Basisorientierung und Integration im multikulturellen Raum der Hochschule* zu betreuen. So oder ähnlich hieß es. Klar, daß niemand ganz genau wußte, was ich da tun sollte. Jedenfalls wurde das gut bezahlt und es kamen jede Menge Typen in meine Sprechstunde. Fast immer wurde über Drogen, Partnerschaft und Sex gequatscht."

„Geiler Job", meinte Uschi.

„Von wegen!", wehrte Jens-Oliver ab. „Da gab's Diskussionen in der Beratung, unvorstellbar."

„Erzähl' weiter", drängte Anja.

„Was soll ich erzählen? Tatsache ist, daß die meisten einfach keinen Sex machen konnten. Ganz *normalen* Sex, verstehst du? Vor allem gewisse alternative Machtschlampen nicht, die ständig über Rollenverständnis quasselten und ihre Lebensprobleme in schwarzen Rucksäcken mit sich herumschleppten. Ich riet ihnen immer: Laßt euch doch einfach mal fröhlich-unbeschwert auf den Futon fallen, und ab geht die Spaßmaschine! Aber nein, die wollten vorher unbedingt irgendetwas ausdiskutieren. Etwa, wer zuerst unten oder oben liegen muß. Oder darf. Idioten!"

„Was hast du ihnen geraten?", wollte Uschi wissen.

„Ganz einfach. Wenn ihr euch im Liegen nicht einigen könnt, sagte ich immer, dann wickelt das eben im Stehen ab. Kann auch Freude machen. Da gibt's kein Oben oder Unten, sondern nur ein Nebeneinander und Miteinander. Freunde, das Leben kann so easy sein! Mit derart menschlichen Tönen kam ich immer gut an. Eigentlich hätte ich Geistlicher werden sollen." Lautes Gelächter.

Das *Monaco* hatte sich unterdessen gut gefüllt. Natürlich fehlte auch *Puff Dandy* nicht. Er gabelte längst seinen Grünen Spargel mit Ketchup und Fritten vom Teller. Einige der Neuankömmlinge, vom pikanten Gesprächsthema angezogen, drängten an die Theke. Jens-Oliver befriedigte ihren Voyeurismus, indem er detailliert und sachkundig über Swinger-Partys berichtete, die er gelegentlich in seinen Beratungsräumen abhielt. Angeblich. „Das kam mega gut an", versicherte er. „Viel besser als manche Vorlesungen. Trotzdem wurde ich wegen dieser kollektiven Lockerungsübungen gefeuert. Vorbei der Traum. Heute bin ich, wie Uschi vorhin sehr richtig sagte, ein erfolgreicher Coach. Der Jaguar draußen vor der Tür gehört mir. Bar bezahlt!"

„Wen coachst du Gernegroß denn?", fragte eine rothaarige Dicke aus dem Hintergrund.

„Ich coache Bettler", antwortete Jens-Oliver selbstsicher. „*Modern beggaring* ist heute angesagt, wenn du an die Kohle anderer Leute willst. Verstehst du, worum es geht?"

„Keine Ahnung."

„Zugegeben, mein Job ist erklärungsbedürftig."

„Dann raus mit der Sprache!"

„Also gut! Vor zwei Jahren, nach meinem Rausschmiß bei der Uni, saß ich zunächst im wahrsten Sinne des Wortes auf der Straße und habe da regelrecht gebettelt. Anfangs nur mit Hut, Pappschild und Hund, den traurigen Blick stur aufs Pflaster gerichtet. Passives Betteln nenne ich das, es zählt zur untersten Kategorie. Dabei springt nicht allzuviel heraus, außer dir fehlt mindestens ein Bein, die Nase, oder du erregst auf andere Weise überdurchschnittlich viel Mitgefühl.

Durch clevere Marktanalyse habe ich mich damals schnell nach oben gebettelt und wertvolle Erfahrungen dabei gesammelt. So stellte ich sehr bald fest, wie ausschlaggebend die Standortfrage ist. Vor Banken, zum Beispiel, ist praktisch nichts zu holen. Auch nicht in der Nähe von Reformhäusern oder vegetarischen Restaurants. Naturkostler sind wohl in der Regel geizig, die gönnen sich ja nicht mal ein saftiges Steak. Echt Kohle kassiert man dagegen vor den Ausgängen großer Friedhöfe, insbesondere an Sonn- und Feiertagen. Wer dort seine Lieben besucht hat, der kommt verinnerlicht zurück und weiß: Unser letztes Hemd hat wirklich keine Taschen. Also gibt er..."

„Nun kürze deine Lebensgeschichte bitte ein wenig ab", forderte die Dicke. „Was machst du jetzt? Das Geld für den Jaguar, falls es tatsächlich deiner ist, wirst du wohl kaum erbettelt haben. Habe ich Recht?"

„Heute laß ich andere betteln und berate sie dabei", antwortete Jens-Oliver. „Ich bin also deren Coach."

„Wie soll ich mir denn das vorstellen?", fragte Uschi.

„Mein Gott", stöhnte er, „ist der Groschen immer noch nicht gefallen?

„Nee!"

„Ihr alle bekommt doch fast täglich irgendwelche Bettelbriefe: *Rettet das Rotkehlchen! Rettet die Blauwale! Rettet den Regenwald! Kampf dem Krebs! Bürger gegen Aids! Rettet die Demokratie! Rettet Afghanistan.* Und so weiter. Alles muß heute gerettet oder bekämpft werden. Dafür ist Geld nötig."

„Stimmt", bestätigte Anja.

„Damit wären wir endlich auf dem Punkt. Ich habe eine Werbeagentur, die für Institutionen jeglicher Art sehr erfolgreiche Bettelkampagnen konzipiert. Professionelles Intensivbetteln mit Briefen oder durch andere Aktivitäten. Das ist mein Job. Inzwischen sind wir Marktführer in dieser Wachstumsbranche. Parteien zählen ebenso zu unseren Kunden wie kirchliche Organisationen oder Umweltfreaks jeglicher Art."

Jens-Oliver reckte sich selbstgefällig in die Höhe: „Eine Runde für alle Bedürftigen hier!", orderte er.

„Es würde mich interessieren, für welchen Kunden ihr im Moment gerade arbeitet", sagte ein schmalbrüstiger Schlipsträger. Ihn schmückte ein Sechs-Haare-Zopf mit Gummibändchen.

„Da ist gerade so ein Verein für aussterbende Singvögel Kunde bei uns geworden", antwortete Jens-

Oliver. „Die waren fast pleite. Hatten kaum noch Geld für ein paar Meisenringe in der Kasse, weil sie mit einem total überholten Konzept arbeiteten. Die verschickten echt schlichte Briefe, in denen unter dem Motto *Rettet die Singvögel* kaum mehr als eine Kontonummer stand. So läßt sich im hart umkämpften Bettelmarkt kein Geld mehr locker machen. Jetzt haben wir eine super Kampagne für die Leute konzipiert."

„Wie sieht die aus?", wollte der Schlipsträger wissen.

„Hör bitte auf, das Thema langweilt mich inzwischen", meckerte die rothaarige Dicke. Weil ihr jedoch niemand zustimmte, zog Jens-Oliver einen Brief aus der Tasche. „Hier", sagte er. „Das ist ein erster Entwurf. Den testen wir zunächst in regionalen Bereichen. Ist es dort erfolgreich, dann kommt das Schreiben bundesweit in sämtliche Briefkästen."

„Zeig mal her den Wisch!", forderte Uschi und entriß ihrem Gast das Papier.

Auf dem Briefkopf das Foto eines toten Rotkehlchens, daneben ein trostlos vereinsamtes Vogelhäuschen. Keine gefiederte lebende Seele weit und breit. „Super Idee," lobte sie. „Verendete Singvögel, überhaupt verendete Tiere, Robben zum Beispiel: Nichts geht uns Deutschen mehr zu Herzen."

„Allenfalls noch die Leiche eines geschändeten Kindes", ergänzte die rothaarige Dicke.

Uschi hockte sich auf die Theke. Sie machte das gelegentlich, ihrer schönen Beine wegen. Sie begann aus dem Faltblatt vorzulesen. Unter anderem hieß es da:

Lieber Vogelfreund, möchten Sie im bevorstehenden Winter etwa traurig am Fenster stehen und vergeblich auf ihre gefiederten kleinen Freunde und Sänger warten, weil diese inzwischen längst verhungert oder in unserer zerstörten Umwelt zu Grunde gegangen sind?

Möchten Sie im kommenden Frühjahr wirklich auf den vertrauten Gesang der Amsel, auf das Zwitschern unserer Meisen, auf das Schlagen der Nachtigall im Park verzichten? Sicherlich nicht!

JETZT könnten Sie noch etwas Sinnvolles tun, um unsere heimische Vogelwelt vor einer drohenden Katastrophe zu retten. Nie war sie bedrohter als heute...

Puff Dandy drängte plötzlich an die Theke und mischte sich ein. „Der Wisch hört sich verdammt gut an, selbst mir wären beinahe die Tränen gekommen, obwohl ich Vögel hasse. Die scheißen nämlich überall hin, wie Hunde. Fliegen auf einen Ast und scheißen einfach runter. Unglaublich! Trotzdem: Du machst saubere Arbeit, Anerkennung! Darf ich dir noch einen heißen Tip zu der Bettelaktion geben?"

„Sprich dich ruhig aus", meinte Jens-Oliver.

„Ihr solltet in jede Postwurfsendung ein totes Rotkehlchen legen", schlug *Puff Dandy* vor. „Das wäre echt was Supergeiles! Übrigens: Du könntest für mich auch mal eine Bettelkampagne durchziehen. Ein Herz für Ausländer, oder so."

Im anschließenden Gejohle und später aufkommenden Streitgesprächen suchte Anja heimlich das Weite. Schließlich mußte sie sich dringend noch in einigen anderen Lokalen sehen lassen, mußte an ihre Karriere denken, Visitenkarten verteilen, gele-

90

gentlich *tatuuh* sagen, und natürlich an Denis Schalck denken, dem sie in wenigen Tagen eine erste Liebesfalle stellen sollte. Ein Abenteuer, dessen möglicher Ausgang sie zunehmend ängstigte.

4. Kapitel

Freitag. Mit Verspätung kam Linda aus New York zurück. Gereizt und völlig übermüdet. Sie fuhr umgehend in die Redaktion, um mit Panne zu reden. „Super, daß du gesund zurück bist", empfing sie der Chefredakteur. „Und nun gleich zum Wichtigsten: Hast du das Pop-Gespenst interviewen können?"

„Du weißt ja, wie entartet der ist", begann Linda zu erzählen. „Es war eine Zitterpartie. Aber in letzter Sekunde hat es dann doch geklappt, nachdem ich seinem Agenten nochmals 10 000 Dollar in den Rachen werfen mußte."

„Und weiter?", drängte Panne.

„Wir unterhielten uns in einem keimfreien Raum. Bei Neonbeleuchtung. Ich mußte einen Schutzanzug aus Folie tragen und Atemschutz natürlich. Wie das auf Intensivstationen üblich ist. Als ich später wieder auf der Straße war, hatte ich im Handumdrehen eine Angina am Hals."

„Was hat er denn alles von sich gegeben?"

„Nur Schwachsinn, was abzusehen war. Egal, wir haben eine Exklusivgeschichte. Ich denke an drei Folgen, mehr können wir den dümmsten Lesern nicht zumuten."

„Du hast auch aktuelle Fotos dabei?"

„Klar! Sogar welche mit ihm und einem kleinen Jungen auf dem Schoß. Es ist auch ein Bild dabei, wo er einen Hund streichelt. Ohne Schutzhandschuhe!"

„Gutes Mädel", lobte Panne. „Was hast du außerdem noch im Gepäck?"

„Ein Souvenir der besonderen Art." Linda kramte in ihrer Tasche herum. „Hier, XXL, das ist für dich", sagte sie und warf ihm ein T-Shirt auf seinen Schreibtisch. Es trug den Aufdruck: *Zerbrecht die Achse des Bösen!* „Klamotten dieser Art sind jetzt drüben der große Renner. So ab fünf Dollar aufwärts das Stück. Auch Trümmerreste von 9/11, hübsch verpackt in originellen Pappschachteln, sind nach wie vor überall zu haben. Du siehst, längst kehrte man zur Normalität zurück, zum Geschäft. Die New Yorker sind bekanntlich harte Burschen."

Sie unterhielten sich kurz über die Möglichkeit eines Krieges. „Ich bin mir nicht sicher", meinte Panne, „ob die Amis auch nur annähernd kapiert haben, auf was sie sich da möglicherweise einlassen."

„Natürlich haben die meisten von ihnen nichts begriffen", pflichtete Linda ihm bei. „Amerika ist nun mal ein autistisches Land, da können die gar nichts begreifen. Abgesehen von gewissen Intellektuellen, die dort sowieso niemand ernst nimmt. Gore Vidal, zum Beispiel, sagte in einem Interview, Amerika dürfe den Rest der Welt nicht ständig ungestraft provozieren. Es sei völlig falsch, jetzt auf Araber zu schießen. Er würde lieber ein paar Amerikaner erschießen, nämlich jene, die es zugelassen haben, daß die Weltlage so außer Kontrolle geraten konnte."

Panne nickte, griff nach einem Lineal, schob es unter sein Hemd und schabte sich einen Juckreiz weg. Dann warf er das T-Shirt in den Papierkorb, und sagte: „Wir von den Medien sollten mal schön die Klappe halten. Die Wahrheit ist doch, daß unsere Branche hervorragend an Katastrophen aller Art verdient. Katastrophen sind immer gut für uns, solange

sie woanders ablaufen und unsere Benzinpreise einigermaßen stabil bleiben. Du weißt es ja selbst: Mit der
guten Meldung läßt sich auf Dauer keine Zeitung fi-
nanzieren. Trotzdem, im Moment stinkt mir das tägliche Katastrophenszenario. Wir brauchen andere Themen für die Titelseite. Deshalb wird es allerhöchste
Zeit, daß diese Geschichte mit dem Denis Schalck in
Gang kommt. Falls bis dahin nichts Aufregendes passiert, müssen wir halt irgendwelche Nebenthemen
aufschäumen. Hier, sieh mal, wie wir morgen raus-
kommen wollen!" Er schob Linda den Entwurf für die
geplante Titelseite zu. *Befreit die Hühner!*, lautete die
Schlagzeile.

„Hervorragend!", lobte Linda. „Deutsche sind
tierlieb, solche Themen ziehen immer. Außerdem sind
Hühner sympathisch, weil sie fleißig Eier legen,
schnell fett werden und billiges Fleisch für Senioren-
heime und Krankenhäuser produzieren. Worum geht
es bei der Geschichte?"

„Die Käfighaltung soll gesetzlich verboten
werden."

„Gut so! Erst das Tier, dann der Mensch. Irgendwann sollte man auch die Käfighaltung von Menschen verbieten."

„Inzwischen bist du ja wieder ganz die Alte",
lachte Panne. „Dein Zynismus ist dir auf der Reise
nicht abhanden gekommen. Gott sei Dank!"

„Könntest du ohne ihn überleben?", fragte
Linda. Panne grinste.

Später traf sich Linda mit Anja im *Mövenpick*.
„Die Amis sind zwar alle sehr nett, aber unendlich
infantil und irgendwie bekloppt", erzählte sie. „Bin

froh, wieder hier zu sein. Was ist inzwischen gelaufen?" Anja erzählte ihr vom Wichtigsten.

„Du warst hoffentlich bei Dr. Gräther, dem Psychocoach?"

„Klar!"

„Und?"

„Ich fand ihn ganz nett – aber ..."

„Was aber?"

„Na ja, etwas bekloppt scheint der ebenfalls zu sein. Und infantil. Vielleicht ist er so ähnlich, wie du gerade Amerikaner geschildert hast."

„Rede nicht solchen Unsinn daher", meinte Linda ärgerlich. „Gräther stammt aus Österreich, wie alle guten Psychologen. Diese Typen sind nun mal so wie er. Mach dir nichts daraus. Im übrigen rate ich dir, von politischen Äußerungen grundsätzlich abzusehen. Ich meine deine Bemerkung über die Amerikaner. In deinem Alter versteht man nichts davon. Und, um dich gleich zu warnen, über Israel und die Juden darfst du dich erst recht nicht äußern. Jedenfalls nicht in der Öffentlichkeit. Niemals, kapiert!"

„Ich habe doch gar nichts gegen Juden, im Gegenteil! Mein erster Freund war..."

„Du darfst auch nichts Positives über Juden sagen. Wenn dir jemand böse will, dann dreht er dir das Wort im Munde herum und du bist geliefert. So ist das nun mal. Also halte dich aus allem Politischen raus. Genieße lieber vorerst dein Leben und gehe allenfalls gelegentlich zur Wahl oder in die Kirche. Egal. Beides bewirkt zwar nichts, aber du hast dann das Gefühl, ein wichtiges Glied unserer Gesellschaft zu sein. Später, wenn du älter bist, kannst du auch anfangen, über gewisse Verhältnisse nachzudenken.

So, nun Schluß damit! Im Moment geht es darum, über heute zu Abend sprechen. Nach meinen letzten Informationen können wir hundertprozentig damit rechnen, daß Denis Schalck zur angesagten Party einfliegt. Samt seiner lieben süßen Frau. Er bleibt dann wenigstens zehn Tage hier in der Stadt, wegen des großen Turniers. Außer, er scheitert gleich beim Achtel- oder Viertelfinale. Damit ist allerdings kaum zu rechnen, denn seine Kondition soll momentan hervorragend sein."

„Wo startet die Party eigentlich?", erkundigte sich Anja.

„Im *Robespierre*, wo sonst" antwortete Linda.

„Im *Robespierre*? Geschichtsunterricht war zwar nie mein Ding", meinte Anja. „Trotzdem könnte ich wetten, daß mir dieser Name irgendetwas sagt."

„Ich will deinem Gedächtnis auf die Sprünge helfen", meinte Linda. „Dieser Robespierre zählte zu den führenden Köpfen der französischen Revolution. Ein Terrorist war er, wie die meisten Weltverbesserer. Er veranstaltete in Paris ein großes Schlachtefest. Tausende ließ er auf die Guillotine zerren. Sogar Ludwig XVI., den damaligen König. Zum Schluß traf das Fallbeil ihn dann selbst. Pech gehabt."

„Und nach so einem Typen wird ein Nachtlokal benannt!", empörte sich Anja.

„Was ist ungewöhnlich daran?", erwiderte Linda. „Vom Bösen ging zu allen Zeiten mehr Faszination aus als vom Guten. Könntest du dir etwa einen Schuppen vorstellen, der sich *Zur lieben Mutter Theresa* oder *Albert Schweitzer-Disco* nennt?

Glaube mir, *Robespierre* ist genau der richtige Name. Das wirst du selbst bald bestätigt finden. Eine wirklich heiße Nachtluke für Promis und zukünftige Untergeher."

„Promis kann man doch nicht generell als Untergeher bezeichnen", wandte Anja ein.

„Viele von ihnen sind längst abgetaucht, sie wissen es nur nicht", behauptete Linda. „Auf jeden Fall müssen wir zusammen ins *Robespierre* gehen, allein läßt man dich da nicht rein. Eintritt haben ausschließlich handverlesene Leute. Darunter werden, wie immer, auch jede Menge sss-Girls aus der Regionalliga sein. Man braucht sie als Füllmaterial, damit es total eng auf der Party wird. Sonst kommt keine echte Freude auf. Das Grundrezept für jede gelungene Party heißt: Mindestens vier Mädels auf einen Mann. Der Rest entwickelt sich dann beinahe von selbst."

„Was sind denn sss-Girls?", fragte Anja. „Etwa Rechtsradikale?"

„Mein Gott, bist du noch naiv. Typisch Ossi – entschuldige mein Schatz!". Linda wollte sich totlachen. „Was sss-Girls sind? Ganz einfach: Slim, sexy and stupid Girls! Füllmaterial für Partylücken halt. Kapiert?"

Anja nickte verstört und fragte Linda: „Dann wäre ich also auch eine Art Füllmaterial, wie du es ausdrückst?"

„Selbstverständlich, aber mach dir nichts daraus. Alles im Leben hat Sinn und Berechtigung. Was wäre etwa ein hohler Zahn ohne seine Füllung, die ihn stützt und aufwertet? Siehst du, so ist das!"

Anja nickte und scherzte: „Okay, wenn ich zum aufwertenden Füllmaterial zähle, um bei deinem Beispiel zu bleiben, dann müßten ja jede Menge hohle Zähne zur Party kommen."

„Darauf kannst du dich verlassen!", antwortete Linda. „Sogar Hohlköpfe werden dabei sein."

„Was soll ich eigentlich anziehen?", Anja wechselte das Thema.

„Eine kluge Frage, mein Kind! Die meisten werden selbstverständlich ziemlich schräg aufgedonnert erscheinen" vermutete Linda. „Glamour und so weiter, weil das momentan in ist. Darum mußt du als Kontrastprogramm herumlaufen, damit das auffällt. Am besten, du kommst als Minimalfrau."

„Wie sieht denn das aus?"

„Mit wenig Klamotten auf der Haut. Stinknormale Jeans, verwaschenes T-Shirt und Turnschuhe. Deine Jeans schneidest du kurz über den Knien einfach ab, dazu ziehst du schwarze Netzstrümpfe an. Fertig. Ganz schlicht und jugendlich-naiv. Deine Haare läßt du dir irgendwie wirr um den Kopf herumfusseln. Das alles muß ein wenig verschüchtert, verwirrt und hilflos wirken. Denis mag diesen Typ *Kindfrau*. Das weckt Beschützerinstinkte in ihm. Er glaubt dann, leichtes Spiel zu haben."

„Und was ist mit Make-up, mit Schmuck?", fragte Anja.

„Keinen Schmuck bitte, gar keinen. Ansonsten zauberst du einen dunkelbraunen Teint aufs Gesicht, betonst mäßig die Lippen, und vor allem deine hochgestellten Backenknochen, denn das mag unser Opfer. Mehr nicht."

Anschließend schärfte Linda ihrem Schützling nochmals die wichtigsten Verhaltensmaßregeln ein. „Nirgendwo darfst du dich festquasseln oder aushorchen lassen. Du stehst einfach nur so herum, drängelst dich auch mal in Denis' Nähe, lächelst ein wenig sentimental, gibst hier und dort deine Visitenkarte ab und sagst gelegentlich *tatuuh*. Wie abgesprochen. Alles weitere wird sich ergeben. Außerdem bin ich ja ständig in deiner Nähe."

„Sicher wird mich mal jemand fragen, was ich beruflich mache", gab Anja zu bedenken. „Sollte ich vielleicht sagen, daß ich studiere?"

„Unsinn mein Schatz, so dumm siehst du doch gar nicht aus. Außerdem würde das niemanden beeindrucken. Am besten du behauptest, an einem Buch zu schreiben, das demnächst erscheinen wird. So etwas macht überall großen Eindruck. Insbesondere bei den vielen Analphabeten, die gerade noch fähig sind, eine SMS in ihr Handy einzutippen."

„Was für ein Buch sollte es am besten sein, falls das einer von denen wissen will?"

„Auf keinen Fall ein Kochbuch. Dieses Thema haben andere längst bis zum Erbrechen durchgekaut. Jeder Medienpromi, der sich für wichtig hält, stellt sich hinter eine Pfanne, bindet eine Schürze um, schreibt irgendwo Rezepte ab und läßt ein Buch daraus machen. Ekelerregend! Weit und breit gibt es nichts Langweiligeres auf dem Markt. Wenn du mich fragst, ich würde mir durchaus zutrauen, mal einen wirklich aufregenden Titel zu schreiben. Zum Beispiel über *Fastfood für Langsamesser*. Oder wie wäre es mit *Leckerem vom Schwein – für eingefleischte Vegetarier*? Aber wer hat schon genug Humor, um solche Bücher von mir ertragen zu können? Um abschließend zu deiner Ausgangsfrage zurückzukommen: Du gibst dich als Lyrikerin aus. Basta. Das macht auf jeden Eindruck."

Linda sagte dann noch, ein Fotograf von der Redaktion würde mit ihnen kommen. „Er heißt Martin, ist ein total Netter und momentan sexuell clean, also kaum schwul. Sieh dich also vor! Übrigens, ich habe geplant, dich in unserer nächsten Sonntagsausgabe mit Foto und einem ersten kurzen Interview vorzustellen."

„Wozu soll ich mich denn äußern?", fragte Anja ganz aufgeregt.

„Mach dir darüber bitte keine Gedanken", tröstete sie Linda. „Der Text ist bereits seit Tagen fertig, lediglich das Foto dazu fehlt mir noch. Es wird heute Abend von Martin geschossen."

„Wie", entrüstete sich Anja, „du hast längst festgelegt, wie ich auf Fragen antworten würde, die ich gar nicht kenne?"

„Selbstverständlich habe ich das! Was hättest du denn schon Wichtiges zu sagen? Es gibt sogar Promis, die lassen ihre komplette Biografie von irgendeinem Journalisten schreiben und sind später beim Lesen überrascht, was für ein tolles Leben sie hinter sich haben. Schließlich geht es überhaupt nicht um Meinungen oder Ansichten bestimmter Leute sondern ausschließlich darum, was unsere Leser gerne vorgesetzt bekommen wollen. Und das weiß ich natürlich viel besser als du. Darum habe ich deine Antworten auf meine Fragen gleich mitgeschrieben. Ist jetzt alles klar?"

„Besonders seriös finde ich das allerdings nicht", kritisierte Anja. „Mich und eure Leser einfach zu verarschen!"

„Bitte keine durchgehärteten Ausdrücke", warnte Linda. „Im Übrigen ist es so: Die meisten

Menschen sind inzwischen weitgehend verblödet und regelrecht süchtig danach, jeden Tag von den Medien verdummt zu werden", behauptete sie. „Wenigstens in diesem Punkt sind sie konsequent anspruchsvoll. Warum sollten wir ihre Bedürfnisse nicht befriedigen?"

„Wieso seid ihr euch eigentlich so sicher, daß es wirklich jede Menge blöde Menschen gibt?", gab Anja zu bedenken.

„Weil man uns Tag für Tag viele Millionen Zeitungen abkauft. Absolut freiwillig. Das ist der Beweis!", antwortete Linda. „Und weil sich Abend für Abend viele Millionen ein TV-Programm reinziehen, das als Mediensondermüll in ihren Hirnen endgelagert wird. So etwas muß Folgen haben, logo. Soll es wohl auch!"

„Wie meinst du das?"

„Vergiß es bitte, Schatz, und denk nicht übertrieben anspruchsvoll nach. Jedenfalls war Massengeschmack zu allen Zeiten unteres Niveau, von der immer noch weit verbreiteten Freude am Bumsen einmal abgesehen. Prinzipiell aber kannst du den Leuten jedes beliebige Produkt andrehen, sofern es perfekt gestylt und hübsch verpackt ist. Allein darauf kommt es an. Und damit endgültig Schluß mit dieser überflüssigen Diskussion!" Lindas Stimme klang gereizt. „Gehen wir jetzt endlich – stop: Noch ein paar unbedingt wichtige Erfolgsregeln, die du heute und in Zukunft auf jeden Fall beherzigen mußt. Immer, wenn ein Fotograf seine Kamera auf dich richtet, reißt du sofort deinen Mund auf. So weit das irgend geht, zeigst Zähne und lachst, lachst, lachst! Niemals nachdenklich oder ernst wirken – total tödlich! Schließlich leben wir in einer Spaßgesellschaft. Sieh dir mal die bunten Klatschseiten der Magazine an, da kannst du viel lernen. Vor allem Zähne zeigen, noch hast du ja keine Karies. Wer seine Zähne zeigt signalisiert jedem: Vorsicht, ich bin voller Lebensgier, bin ein Beißer! Darum geht es doch, Beißer zu sein, oder aber Gebissener. Alles klar?" Anja nickte.

Weil Linda in der Redaktion aufgehalten wurde, kamen sie später als vorgesehen zum *Robespierre*. Martin erwartete sie bereits. Der Türsteher stempelte jedem ankommenden weiblichen Gast eine Zahl auf den Handrücken. Anja bekam die 66 zugeteilt. „Wozu das?", fragte sie.

„Erfährst du alles später", antwortete Martin. „Es ist wegen der Hinrichtung. An jedem ersten Freitag nach Vollmond wird hier diese berüchtigte Exekution zelebriert. Kopf ab und so. Etwas makaber, zugegeben, aber trotzdem recht amüsant. Irgendwie wollen die Leute unterhalten werden. Vielleicht hast du Glück und deine Nummer wird gezogen. Komm endlich!"

Technosound stand wie eine Schallmauer in der Schwüle des Raumes. Zunächst verdrückten sich Linda und Anja im Halbdunkel einer Seitennische, von wo aus die gesamte Szene gut zu überblicken war. Am Rand einer riesigen quadratischen Tanzfläche, in deren Mitte ein durch rote Tücher verhülltes hohes Objekt thronte, standen schwarz lackierte Tische und Stühle.

„Was ist das für ein geheimnisvolles Gestell auf der Tanzfläche?", fragte Anja.

„Eine Guillotine. Original aus Frankreich importiert und selbstverständlich von Grund auf restauriert. Voll funktionsfähig, vom TÜV abgenommen. Sie wird immer erst kurz vor der Hinrichtung enthüllt. In einer Stunde etwa, denke ich. Übrigens scheint Denis Schalck immer noch nicht gekommen zu sein", meinte Linda. „Seine Liebste weiß wahrscheinlich wieder einmal nicht, was sie anziehen soll. Kein Wunder, wenn man über vierhundert Pullis und T-Shirts im Schrank hat."

Mit bissigen Kommentaren wies Linda anschließend auf Anwesende hin, die sie aus irgendwelchen Gründen für besonders erwähnenswert hielt. Wimperngetuschte weibliche Hohlkörper, wie Linda sich abwertend ausdrückte, sowie männliche Selbstverwirklichungsphantasten aller Schattierungen waberten durch das Halbdunkel.

Da hüpfte zum Beispiel der blonde *Phally* herum, ein mutmaßlicher Transvestit, der neuerdings Designersärge für Rassehunde verkaufte. „Vor dem mußt du dich hüten", warnte Linda. „Zwischen jedem Schenkelpaar, das sich willig spreizt, wittert er eine Lebensperspektive. Bisher endete das stets in einer Sackgasse."

Auch *Puff Dandy* war gekommen, klar! Zusammen mit *Bolly D.*, dem Talkmaster der beliebten Abendsendung *Nullkommanull*, für die Anja demnächst als Überraschungsgast vorgesehen war. *Bolly D.* galt als begnadeter Highspeedquasseler. Ihm wurde nachgesagt, er könne mindestens fünfmal schneller reden als denken. Er hatte seine momentan größte Liebe mitgebracht, ein überraschend gesund ernährt aussehendes Fotomodell, das in letzter Zeit durch eine Werbekampagne für sahnigen französischen Weichkäse bekannt geworden war. Das durchaus liebenswerte, keineswegs käsige Geschöpf hing regelrecht an Bollys Seite. Sie umklammerte ihn wie einen Rettungsring. Am Abend zuvor hatte er diese Frau einem Kollegen vom *Kulturjournal* abgejagt. „Nur weil diese Trendymaus angeblich drei Brüste haben soll", bemerkte Linda giftig. „Sie war kürzlich in Los Angeles. Da soll es seit kurzem einen Bodymetzger geben, der so etwas möglich macht. Ich weiß ja nicht ..."

„Total geil!", sagte Anja. „Und jetzt zeig' mir mal einen ganz normalen Typen."

„Normale? Die gibt es kaum noch, hier schon gar nicht. Im Zoo soll man ein paar letzte Exemplare besichtigen können, gleich neben dem Affenhaus. Füttern ist übrigens erlaubt. Nimm Fritten und eine Dose Cola mit."

„Du scheinst ein Untier zu sein, echt!", kritisierte Anja.

„Stimmt", bestätigte Linda. „Und du bist ein verdammt kluges Mädchen, das auf Anhieb selbst komplizierte Zusammenhänge durchschaut. Gratuliere."

Die Frauen trennten sich. Während Linda ein paar Kollegen vom Fernsehen begrüßte, die ungeduldig auf Denis' Erscheinen warteten, machte Anja erste Erfahrungen mit einer Welt, die zugleich Ekel, Ängste und eine schwer bestimmbare Sehnsucht in ihr weckten. Sie näherte sich diesem Unbekannten mit vorsichtig drängender Neugier. Ähnlich wie Kinder, die auf das Eis eines frisch zugefrorenen Teichs zugehen. Würde sie etwa einbrechen, gar ertrinken? Oder, von allen umjubelt, schon bald bewundernswerte Pirouetten drehen? Mit einem Prinzen an der Seite, der sie kraftvoll in die Höhe stemmt, ganz weit nach oben ...?

Es ging auf Mitternacht zu, die Stimmung im Lokal eskalierte zusehends. Hier und da hingen bereits hastig abgelegte Kleidungsstücke über den Stühlen: Blusen, T-Shirts, Strümpfe und auch erste wenige Slips. Hosen weniger. Anja war gerade damit beschäftigt, einen mutmaßlichen Unternehmer aus der Oberpfalz auf Distanz zu halten, der sie für ein grundsätzlich neues Leben gewinnen wollte. Mit Traumvilla, Porsche, viel gemeinsamem Nachwuchs und den üblichen Beilagen. Die Scheidung von seiner derzeitigen Frau, versicherte er lallend, sei schnell und problemlos zu regeln. Kaum mehr als eine Formsache. Man lebe bereits getrennt.

„Mit dir könnte auch ich nur getrennt leben", bemerkte Anja. Den Oberpfälzer beeindruckte diese Äußerung nicht, im Gegenteil. In spätestens vier Wochen, versicherte er, könne sie zu ihm ziehen. Als Vertrauensvorschuß für die geplante spätere Gemeinsamkeit bat er Anja inständig um einen *Last-Minute-Quicky*, wie er es ausdrückte. Schließlich müsse man vorher abklären, ob das Sexuelle passend sei. Eile sei leider geboten, ausnahmsweise, denn er müsse mit der ersten Morgenmaschine zurück nach Nürnberg. Dringende Geschäfte.

Anja sagte *„tatuuh"*, entließ ihn mit einer sanften Ohrfeige. Diskret wandte sie danach ihre Aufmerksamkeit dem Gespräch zweier Juppies zu. Die beiden diskutierten gerade über Denis Schalcks Chancen beim bevorstehenden Turnier, die sie, nach einigen Kontroversen, als titangeil einstuften. Später tauschten sie Insiderkenntnisse über anatomische Gegebenheiten einiger Mädchen aus. Zunächst ging es um eine anwesende, als *gutmütiger Bumsfrosch* eingestufte vollschlanke Dunkelhaarige mit gepierctem Nabelbruch. „Auf der liegst du besser als auf jedem Wasserbett", schwärmte einer der beiden. „Okay", meinte sein Freund und schränkte ein: „Dennoch halte ich sie für ein Überraschungsei, in dem letzten Endes nichts drin ist." Beide lachten, nippten an ihren Gläsern. Sie tranken ein Wellness-Bier mit Kürbiskernextrakt, das gerade in Mode gekommen war.

Anschließend benoteten sie Ärsche. Nicht nur jene von anwesenden Mädels, vielmehr erörterten sie diese Thematik eher grundsätzlich. Es schien Einigkeit darüber zu bestehen, daß apfelförmige Exemplare der Birnenform unbedingt vorzuziehen seien, abgesehen von selten anzutreffenden Mischformen, in denen sich die Vorzüge beider Erscheinungsformen harmonisch ergänzen würden. In diesem Zusammenhang kam die Sprache auf eine beiden bekannte Ungarn-Rumänin mit deutschem Paß, die wohl Nono hieß. Diese hatte kürzlich mit einem Bändchen erotischer Lyrik für Haustiere Aufmerksamkeit erregt. Angeblich lebte sie ausschließlich mit Hunden zusammen, die Strapse trugen und es herrschte Übereinstimmung darüber, daß kein gesunder Mann an ihrem Hintern einfach nur so vorbeigehen könne. Jedenfalls vorerst nicht. Allerdings müsse man den Erhaltungszustand des besagten Körperteils vor jedem Zugriff neu bewerten. Im übrigen, auch darüber waren sich beide Freunde einig, müsse man dieser Nono ein durch Psychoanalyse total verjauchtes Gehirn zubilligen.

Irgendwo im Hintergrund kam inzwischen Unruhe auf. Männer johlten, Frauen kreischten. Bravorufe. Man klatschte und pfiff: Denis Schalck war eingetroffen. Solo, also ohne Olgina. Seine Frau fühle sich nicht gut, hieß es. Migräne. Wegen der erneuten Schwangerschaft.

Der Geschäftsführer des *Robespierre* zerrte den Star des Abends auf ein vorbereitetes Podest, griff nach dessen rechtem Arm, den er wie eine Flagge in die Höhe riß, und brüllte: „Hey, Friends, hier ist er endlich. Hier ist *unser aller* Denis Schalck. Und das live!"

„Hi," schrie der Neuankömmling in ein vorgehaltenes Mikrofon. Dann schrie er nochmals „hi" und ergänzte professionell: „Total geil, hier unter euch zu sein!" Einige diskutierten seine Frisur, die an einen Blumentopf mit spärlichem Spaghettibewuchs erinnerte.

Während Schalck anschließend vor die Fernsehkamera geschoben wurde, war Linda plötzlich wieder neben Anja. „Jetzt komm mal ganz schnell mit", befahl sie. „Du drängelst dich direkt neben den Denis, umarmst ihn während seines Interviews, kurz und heftig, drückst ihm einen Knutscher auf die Backe und tauchst anschließend sofort wieder ab in die Menge. Es muß blitzschnell gehen, wie bei einem Überfall. Martin ist selbstverständlich eingeweiht. Er wartet bereits da vorne, um ein Foto zu machen."

Wenig später stand Anja direkt neben ihrem virtuellen Liebhaber. Das Fernsehinterview hatte gerade begonnen, Denis wirkte nervös, unsicher, müde. Er hat Schweinsaugen und riecht leicht nach Achselschweiß, dachte Anja. Auch fand sie ihn weniger sexy und al dente als in jenen Fernsehspots, wo er für italienische Spaghetti warb. Trotzdem, es muß sein, entschied Anja tapfer. Sie umarmte und küßte wie verabredet. Blitzlichter flammten auf, alles lief nach Plan.

Ihre kalkulierte Lustattacke ermutigte nun andere Girls, ebenfalls nach vorne zu stürmen und haltlos auf das Tennisidol einzuküssen. So kam es zu einem regelrechten Fun-Tumult mit anschließenden spontanen Entkleidungsszenen. Erst mit Unterstützung des derben Türstehers und anderer Ordnungskräfte konnte das Chaos auf ein zu dieser späten Stunde übliches Standardniveau reduziert werden.

Später als vorgesehen begann man mit den Vorbereitungen für die Hinrichtung. Während ein als Scharfrichter verkleideter hagerer Typ an der Guillotine hantierte und ihre Funktion demonstrierte, indem er einen riesigen Kopf Rotkohl durch das Fallbeil spalten ließ, gingen Angehörige des Personals mit Champagnerkübeln durch die Menge, um wie üblich das sogenannte Kopfgeld einzusammeln. Es wurden nur Scheine im Wert von mindestens 50 Euro akzeptiert.

Anschließend verkündete der Geschäftsführer das Ergebnis. „Hey Friends, ihr seid absolute Spitze, trotz der Rezession satte 6000 Euro!" Er versicherte, die Hälfte der Summe gehe wie üblich an das gleich noch auszulosende Exekutionsopfer. Mit dem Rest werde, gemäß der allen Gästen bekannten Humanitätsklausel, die Arbeit einer sozialen Einrichtung unterstützt. „Es ist vorgesehen", sagte der Mann unter Beifall, „das Geld diesmal an eine Fixerstube in Dresden zu überweisen. Und jetzt geht der Spaß endlich los. Laßt Blut fließen, Friends. Auf die Barrikaden, Spieß- und Spaßbürger!"

Eine Dreiviertelnackte mit verbundenen Augen, dürr und lang wie ein chinesisches Eßstäbchen, trat in die Mitte der Tanzfläche. Sie hatte eine Lostrommel dabei, griff hinein, fingerte einen Zettel heraus und reichte ihn dem Geschäftsführer. Er entfaltete das Stück Papier. „Wo ist die Glückliche mit der Nummer 66 , hey?", fragte er mit betont eiskalter Stimme. Verunsichert hob Anja ihre Hand. Die Musik setzte jetzt aus, die Beleuchtung wurde heruntergedimmt. Dann absolute Stille für lange Sekunden.

Anja war es nicht sonderlich wohl zumute. Irritiert blickte sie umher: In der Mitte die Guillotine mit einem Weidenkorb davor. Für meinen Kopf, dachte sie. Überall im Halbdunkel glühten überhitzte Gesichter, fröhliche Fratzen, in denen, wie sie meinte, unbarmherzig glotzende Augen nisteten. Gier, wohin sie blickte. Blonde Nacktheiten zwischen Edelklamotten. Lüsternheit, Alkoholdunst. Der Geruch nach Schweiß. Sie witterte die Bereitschaft der Menge, das Undenkbare, Außergewöhnliche zuzulassen: Dabei zu sein, ohne schuldig zu werden. Ein Event, just for fun. Der Tod als Partyscherz. Na und?

Nichts schien in diesen Momenten unmöglich zu sein. Mein Gott, dachte Anja, Menschen sind unberechenbar. Angetrunkene sowieso. Die sind ja alle verrückt hier. Die sind imstande, mich wirklich umzubringen. Ein kleiner Unfall nur, von niemandem so geplant. Ein Fehler der Regie vielleicht. Aber immerhin: Kopf ab, tot, aus. Die unschuldigen Täter verteidigt später ein Staranwalt – Freispruch! Panik kam in ihr auf. Sie wollte schreien. Fluchtgedanken! Nichts wie raus hier, dachte sie.

Da war Linda plötzlich neben ihr, schob sie energisch nach vorne. „Das mußt du jetzt durchstehen, Kind", flüsterte sie ihr zu. „Laß deine Angst, wo sie ist, und trainiere deinen Mut! Nerven behalten. Gleich ist alles vorbei. Das Schafott hat der TÜV geprüft."

„Na toll", meinte Anja. „Hinrichtung mit TÜV-Siegel!" Nun ging es wahnsinnig schnell. Die Guillotine wurde enthüllt, der Scharfrichter und zwei derbe Kerle zerrten Anja auf die Tötungsmaschine. Unter lautem Gejohle des Publikums banden sie ihr Opfer fest. Sie starrte nach unten, wo der Weidenkorb für ihren Kopf bereitstand.

Unterdessen dröhnte aus allen Boxen die Marseillaise. Verpopt, verrockt, aggressiv. Ist doch eigentlich alles ganz cool, dachte sie. Nahm dann wahr, wie sich das Fallbeil über ihr aus seiner Arretierung löste und kurz darauf auf einen Widerstand stieß. Die Guillotine vibrierte. „Geköpft!", jubelte die Masse.

Bevor Anja nun gleich die Kontrolle über ihr Bewußtsein verlor, meinte sie, einen abgetrennten Kopf in dem Korb vor ihr liegen zu sehen. Den Kopf eines Kindes. Es schien, als lächele er sie mit traurigen Augen an. Waren das nicht ihre eigenen Augen? Kinderaugen, mit denen sie früher immer den Wolken nachschaute, wenn sie zu Hause auf der Wiese im Garten lag und davon träumte, ganz weit weg zu sein? Ganz wo anders ... Filmriß!

Mitternacht war längst vorbei. Im Waschraum der Toilette kam Anja wieder zu sich. Das Becken vor ihr war voll von Erbrochenem. Von ihrem T-Shirt klebten wenige letzte Stoffetzen auf ihrer schweißnassen Haut. Sie war praktisch oben ohne. Irgendein Grapscher mußte sich in dem Gewühl an ihr vergriffen haben.

Linda kam und half ihr dabei, sich einigermaßen herzurichten. „Super gelaufen! Wir sprechen später darüber. Alles okay mit dir?", fragte sie. Anja nickte. „Und jetzt raus hier!", befahl Linda. „Wir nehmen einen Seitenausgang. Martin bringt dich ins Apartment."

Diese Regelung war mit Bedacht gewählt worden, denn auf dem Weg dorthin warteten bereits der Geschäftsführer und Denis. Mit einer Flasche *Schlumberger* und dem ausgelobten Kopfgeld von 3000 Euro. Linda hatte es so arrangiert. Denis hielt die Euroscheine wie ein aufgefächertes Skatblatt in die Höhe. Er umarmte Anja kurz und sagte eher lustlos: „Hey, du warst großartig, Baby!" Mehrfach flammten Blitzlichter auf, damit war schon alles vorbei.

Martin wollte Anja nach Hause bringen. „Nein", entschied Linda. „Ab in die Redaktion mit dir, auf dem allerschnellsten Wege! Die warten dringend auf das Foto. In einer halben Stunde ist Andruck. Für Anja steht draußen ein Taxi."

Früh morgens nach der Hinrichtung kam Linda angestürmt. Sie wirkte gereizt, aggressiv. Sie hatte die aktuelle Ausgabe der Zeitung dabei. „Hier, lies", sagte sie und warf das Blatt auf einen kleinen Tisch. Auf einem mehrspaltigen Foto, gleich auf der ersten Seite oben, umarmte ein überrumpelt wirkender Denis eine zerzauste, nahezu barbusige Anja. Überschrift: *Wer hat dich so zerzaust, Wildkatze ... Gefahr für Denis' Ehe?... Olginas Weinkrampf beim Friseur!* Darunter das von Linda verfaßte Interview. Es gipfelte in Anjas angeblichem Bekenntnis: *„Ich liebe ihn. Für dieses starke Gefühl will ich kämpfen. Ich würde Kopf und Kragen für ihn riskieren!"* Anja überflog den

Text, faßte sich an den Kopf und war froh, ihn nach wie vor an Ort und Stelle vorzufinden.

„Und, zufrieden?", forschte Linda. Anja zuckte mit den Schultern. Ihr war nach wie vor übel.

„Irgendwie ist es blöd gelaufen", urteilte Linda. „Ich hatte gehofft, Denis würde spontan auf dich abfahren. Leider Fehlanzeige! Na ja, warst ja auch nicht unbedingt ein Lusthappen mit dem Geruch nach Kotze. Wir müssen jetzt aufs Tempo drücken. Morgen gibt es dafür eine super Chance. Auf einem Bauernhof in Österreich steigt die Promi-Hochzeit des Monats. Ausschließlich handverlesene Gäste. Inklusive Denis. Ich fürchte, er kommt mit Gattin", erläuterte Linda. „Die wichtigsten Leute von den Medien sind natürlich eingeladen. Ich gehöre selbstverständlich dazu, dich nehme ich einfach mit."

Man besprach dann Anjas Outfit. Das sollte in einer Boutique geregelt werden. „Ich kenne die Besitzerin, sie hat viel Geschmack und ist informiert. Verlaß dich auf sie. Die Rechnung geht an den Verlag. Anschließend zum Friseur. Um 18 Uhr mußt du spätestens zurück sein. Martin bringt dich dann zum Flughafen. Wir fliegen nach Klagenfurt. Alles Weitere erkläre ich dir im Flieger. Also los jetzt!"

5. Kapitel

Ein rustikales Bauerngehöft, hoch oben auf der Alm. Weiße Zelte mit bunten Fähnchen, geschmückte Ochsen, muntere Hühner, fröhliche Schweine und festliche Gäste belebten die Szene. Eine Trachtenkapelle marschierte auf. Der Geruch von frisch gemähtem Heu, Wildblumen und Pferdemist schwängerte die Luft. Zwei Bauernmädchen, mit Blumenkränzchen im Haar, führten einen Esel durch die Menge. Sie sammelten Spenden für den Andachtsraum einer Entbindungsstation in Klagenfurt.

Tief unter allem der Millstätter See. Er spiegelte gleißendes Sonnenlicht in die Höhe. Von irgendwo her tönte Glockengeläut. Weit hinten im Westen der Großglockner, mit Sahnehäubchen obenauf. Kaiserwetter in Österreich. Ansichtspostkartenwetter. „Unser lieber Herrgott hat's so gewollt", wußte eine faltenreiche Gräfin, die extra aus Wien angereist war.

Anja hatte sich unter die geladenen Vorzugsmenschen gemischt. Neugierige einheimische Gaffer, die den beschwerlichen Aufstieg nicht gescheut hatten, wurden von sieben Bodyguards liebevoll ins Abseits gedrängt.

Anja erregte erhebliches Aufsehen: Mißgunst bei den Frauen, Zustimmung und mehr als das bei den Männern. Sie genoß es! Zu einer herben Schönheit hatte man sie hochgestylt. Im lang geschnittenen Seidendirndl, champagnerfarben und rosé. Mit Hochsteckfrisur und einer Enzianblüte im Haar. Sie konnte sich vor echten und echt bös gemeinten Komplimenten kaum retten. Fotografen umlauerten sie.

Ein Typ kam zu ihr, sein Gesicht kannte sie aus irgendeiner Vorabendserie. Richtig, der hechtete doch immer über Zäune oder durch Schaufensterscheiben. Oder machte Totalschaden mit seinem Alfa. "Wer heiratet hier eigentlich wen?", fragte sie ihn. Linda hatte bisher nicht mit ihr darüber gesprochen.

„Weiß ich auch nicht", bekannte der Typ. „Ich kenne die beiden nicht. Habe nur gehört, daß hier heute eine Party absäuft. Ich glaube, der Bräutigam ist das Opfer dieser Inszenierung, und sie schreibt Krimis. Alles Bestseller, versteht sich."

„Stimmt", bestätigte eine Einheimische neben ihnen. „Aber genau so bled, wias schreibt, genau so bled ist sie auch!"

Der Tag räkelte sich kurzweilig dahin. Mit Ansprachen, einem Kinderchor, höflichen Gehässigkeiten beim Smalltalk, kreischenden Frauen und aus München eingeflogenem Edelimbiß. Anja, von Linda geschickt moderiert, fand bald Gefallen daran, sich unter die Menge zu mischen. Sie wurde vorgestellt, beachtet und mehrfach fotografiert. Nicht zuletzt wegen des Interviews vom Tag zuvor. Sogar vor einer TV-Kamera durfte sie zu letzten Lebensfragen kurz Stellung nehmen. Leider kam das Team nur von einem Kärntner Regionalstudio, aber immerhin. Sie begann zu ahnen: Dabei zu sein, das war echt nicht vom Übelsten! Vielleicht, spekulierte sie im Stillen, bin ich inzwischen schon irgendwie prominent.

Der Abend kam, eine Seppelhosengarde der Bergwacht zog jodelnd mit Fackeln über die Wiesen. „Jetzt kommt die österreichische Trachten-SS", lästerte ein intellektueller Wichtigmensch. Er war gekommen, um für ein seriöses Wochenmagazin zu berichten. Die Fackelträger bildeten nun einen weiten Kreis, in dessen Mitte kurz darauf ein Hubschrauber landete: Ehrengast Denis wurde eingeflogen. Ohne Ehefrau, wie Linda erleichtert feststellte.

Nachdem die erste Begeisterungswelle für den Champion abgeebbt war und ein allgemeines, eher unkontrolliertes Absaufen begonnen hatte, befahl Linda regelrecht: „Jetzt kommt deine Stunde, Schätzchen! Heute muß zwischen euch spürbar mehr ablaufen, als im *Robespierre*. Spürbar, verstehst du? Er verträgt keinen Alkohol, das ist unsere Chance! Trotzdem nicht gleich bis zum Äußersten gehen, keinesfalls", ermahnte sie. „Nach dem ersten Höhepunkt, wenn's überhaupt einer sein sollte, verlieren Männer wie er schnell das Interesse. Nichts ist reizloser für Jäger, als ein erlegtes Häschen. Oder auch Höschen, wie du willst."

Gegen Mitternacht wollte es der Zufall, daß Anja und Denis miteinander ins Gespräch kamen, sich währenddessen von den übrigen Gästen allmählich absetzten und schließlich, betont unauffällig, auf einen weniger belebten Bereich der überhitzten Geselligkeit zuschlenderten. Bald verschwand das Paar endgültig im Dunkel zwischen den Ställen. Linda beobachte das mit Genugtuung.

Nebeneinander lehnten die beiden an aufgestapeltem Holz. Es roch sinnlich harzig und verströmte die Wärme des vergangenen Sonnentages. Denis war anfangs ziemlich sauer. „Was sollte eigentlich dieser Scheiß mit dem Foto, hey? Ist doch alles nur inszeniert, oder? Dafür gibst du dich her? Wieviel Kohle hat man dir gezahlt? Niemand weiß besser als ich, wie das bei der Klatschpresse läuft."

Achtung, aufpassen und total cool bleiben, dachte Anja. Sie griff nach seiner Hand. „Alles ist anders, als du denkst, Denis. Echt. Vielleicht erkläre ich es dir später mal", versprach sie. „Im Moment ist für mich nur wichtig, daß ich ganz dicht neben dir bin. Danach habe ich mich immer gesehnt. Ich liebe dich nämlich seit Jahren... „

„Unsinn", unterbrach er sie barsch. „Solchen Quatsch höre ich jeden Tag von irgendwelchen Tanten. Was weißt du denn schon über mich?"

„Nichts, zugegeben", antwortete Anja demütig. „Doch wo liegt das Problem? Es geht um Gefühle! Liebe braucht keine Rechtfertigung, sie ist einfach da!" Marc hatte das mal zu ihr gesagt.

Denis schienen ihre Worte zu gefallen. Schweigen. Er denkt nach, vermutete sie.

„Das klang eben total geil", meinte er dann. „So hat es mir bisher noch keine gesagt." Er bat Anja: „Sag' mir das gleich noch einmal!" Sie wiederholte, und fühlte sich ziemlich mies dabei.

Plötzlich wollte er wissen: „Hast du jemals auf einer Kraftlinie gebumst?"

„Auf was, bitte?"

„Du weißt nicht, was Kraftlinien sind?"

„Keine Ahnung."

„Das sind irgendwie so eine Art Energiefelder, die rings um die Erde gehen. Pyramiden stehen auf solchen Linien. Der Kölner Dom auch, glaube ich."

„Total spannend, und?"

„Wir stehen gerade auf einer solchen Kraftlinie. Die zieht sich vom Minrock, das ist der Berggipfel über uns, quer über diese Alm hier. Und dann weiter über den Millstätter See bis zum Großglockner. Deshalb wird die Hochzeit ausgerechnet hier gefeiert. Das steht jedenfalls auf der Einladung. Es soll Power für die Ehe geben."

„Klingt cool", meinte Anja. „Steht unser Bundestag auch auf einer Kraftlinie?"

„Sieht eher nach Nullinie aus. Ist mir sowieso egal. Aber auf einer Kraftlinie bumsen, hier und jetzt, das wäre geil. Wow!" Plötzlich drängte Denis seinen Körper gegen Anja. „Nun komm schon, Baby, das Vorspiel verschieben wir aufs nächste Mal. Spürst du was, hey?"

„Ich weiß nicht, ein bißchen schon", meinte sie. „Es könnte allerdings etwas mehr sein, falls du kannst. Vielleicht stehen wir nicht direkt auf dieser Linie." Denis verstärkte den Druck.

„Gut so?", fragte er.

„Schon besser. Aber nicht ganz ..."

Er wollte nun mehr von ihr, fingerte an ihrem Dirndl herum, sie schob ihn jedoch sacht von sich. Dachte an Lindas Bemerkung über den erschossenen Hasen. „Nicht jetzt und erst recht nicht hier", beschied sie ihm streng. „Bin sowieso nicht so eine, wie du denkst. Muß es denn immer gleich am ersten Abend ablaufen? Typisch! Ich bin da irre altmodisch." Versöhnlich knutschte sie lustlos an seinem Ohrläppchen. Es schmeckte säuerlich. Prominentenschweiß, dachte sie. Marc hatte eine andere Chemie. Klar, der studierte je auch, war ein Intellektueller.

„Ich merke schon, du bist anders als andere Mädchen", bekannte Denis. „Ich will dich unbedingt wiedersehen. Gleich morgen. Ehrenwort? Sonst ist alles okay mit dir?" Er streichelte sie ungeschickt, mit

Rückhand wie es ihr schien. Anja nickte, ihr war nicht wohl. Jetzt bloß nicht wieder kotzen, dachte sie.

Plötzlich, weiter oben in den Bergwäldern, begannen Hirsche zu brüllen. „Es ist Brunftzeit", erläuterte Denis. „Die dürfen nur ein Mal im Jahr dran. Das macht sie besonders geil."

„Klar", meinte Anja. „Auf dieser Kraftlinie sowieso." Sie hörten den Tieren eine Weile lang schweigend zu. Später sprach Denis über Zukunftspläne. „Tennis", begann er, „ist nicht mein ganzes Leben, das kannst du mir glauben. Damit wird bald Schluß sein. Ich kann viel mehr, als nur Bälle übers Netz schmettern." Bedeutungsvoll blickte er nach oben in den Sternenhimmel. Es wurde sehr kühl. „Und, was kannst du außerdem?", fragte Anja ohne Interesse.

„Ich habe viel Großes im Kopf. Geld spielt dabei natürlich keine Rolle. Visionen! Global denken und handeln ist heute angesagt. Verstehst du?"

„Nein."

„Mir schwebt da so eine Idee vor", schwärmte er. „Das Grundstück dafür habe ich kürzlich gekauft. Riesiges Areal, super Infrastruktur."

„Aha, wahrscheinlich ein neuer Kaufpark, irgendwo im Osten", vermutete Anja. „Mit Hüpfburgen, Wellness-Center und einem schickem Autohaus von Mercedes oder Toyota, oder? Nichts ist unmöglich!"

„Unsinn, Baby! Es geht ...", er zögerte, „es geht um viel mehr, um völlig neue Denkansätze. Um etwas Kulturelles, könnte man sogar sagen. Wir leben schließlich im Wassermannzeitalter, sagt dir das nichts?"

„Wenig, ich bin 'ne Ossi. Willst du etwa eine Badeanstalt bauen?"

„Unsinn. Ich habe das Konzept für eine völlig neue Beerdigungskultur entwickelt ..."

„Beerdigungskultur?"

„Genau. Bei uns wird nämlich total veraltet beigesetzt und getrauert. Unsere konventionellen Friedhöfe sind kaum mehr als hübsche Grünanlagen, in denen man Särge verbuddelt und Eichhörnchen füttert. Schluß, aus!

Einmal im Jahr gehen alte Tanten und Witwen da hin, wenn Totensonntag ist, und legen ein Blumengesteck ab. Das macht wenig Sinn. Aus dem Tod ließe sich mehr herausholen, er sollte dem Leben dienen. Arbeitsplätze schaffen, zum Beispiel. Bisher", schwärmte er, „ist nur Krankheit ein Wirtschaftsfaktor, ein gigantisches Geschäft. Der Tod kann auch dazu werden, denn gestorben wird immer. Selbst in schlechten Zeiten."

„Eigentlich fies, wie du darüber redest. Trotzdem, leuchtet mir irgendwie ein", bekräftigte Anja. „Und weiter?"

„Ich denke an eine Art *Sterbeland*, im Prinzip ähnlich wie Legoland oder Disney bei Paris. An einen multikulturellen Großfriedhof. Mit Restaurants, Last-Minute-Klinik, Krematorium, Hotels, Sauna, Tierpark, Seenlandschaft, Golfplatz, Freilichtbühne, Meditationszentren, Shopping-Center, Spielcasino und so. Auch mit einem Puff vielleicht. Und regelmäßig Leichenöffnungen vor gut zahlendem Publikum. Als seriöse Show, verstehst du? Das ist jetzt total in. "

„Keine Kirchen?"

„Klar, auch ein paar Kirchen. Eine Art Seniorengehege wäre auch geil. Für Oldies, die bald sterben müssen und vorher noch ein paar schöne Tage verbringen wollen. Und mit einem Autobahnzubringer natürlich. Sterben als Event, Friedhöfe als Erlebniswelten! Nicht den Tod tabuisieren, ausklammern. Nein! Ihn ins Leben integrieren. Darum geht es ...“

„Hör bitte gleich mal auf“, bat Anja, „und laß uns sofort von dieser Kraftlinie runtergehen. Ich fürchte, sonst braucht meine Psyche dringend 'nen Bypaß!“ Sie gingen.

„Wie erreiche ich dich morgen?“, fragte Denis, als sie zurück bei den anderen waren. Sie steckte ihm ihre Karte zu.

Auf dem Rückflug erfuhr Linda von Denis' Visionen. „Das ist nicht so dumm gedacht, wie du vielleicht meinst“, urteilte sie. „Es wird gar nicht mehr lange dauern, bis es das alles gibt. So, oder ähnlich. Längst wird ganz anders gestorben als noch vor Jahren. Logisch, daß wir sehr bald auch eine neue Beerdigungskultur haben werden. Aber die wird nicht auf Denis' Mist wachsen. Er ist kein Geschäftsmann. Er träumt und spinnt, andere kassieren ihn ab.“

Zurück. Es folgten Tage voller Hektik, Linda rotierte. Arrangierte Begegnungen zwischen Denis und Anja, sorgte für Fototermine und Interviews, streute Gerüchte und angeblich entlarvende Wahrheiten wie Vogelfutter aus. Stellte Medienfallen auf.

Auch mit Anjas Auftritt in der Talkshow *Nullkommanull* klappte es. Während der Durcheinanderplapperei ging es zunächst um den Irakkrieg, dann um wünschenswerte Steuererleichterungen für Vegetarier sowie um die Frage eines besorgten Anrufers. Der wollte wissen, ob Spuren des tödlichen Senfgases auch im Tubensenf aus dem Supermarkt nachweisbar seien. Ein Experte konnte den Mann beruhigen.

Danach diskutierte die Runde, ob regelmäßiger Sex nach fetten Mahlzeiten möglicherweise Sodbrennen, und als Spätfolge davon, Speiseröhrenkrebs auslösen könne. Eine kränklich wirkende Ernährungswissenschaftlerin hielt Bedenken dieser Art für überzogen, ja absurd. Ihre Einschätzung wurde allgemein mit Erleichterung aufgenommen.

Den Höhepunkt der Sendung bildete ein leidenschaftlicher Schlagaustausch über den angeblichen Dauerfehlstart der Koalition. Ein Politologe war bemüht, die Regierenden als *Fortschrittsverstopfer* zu entlarven. Er forderte den Rücktritt von Kanzler und Kabinett und die Bildung einer parteiübergreifenden Zukunftskommission. „Alles Kakophonie!", rief einer aus dem Hintergrund. Schwacher Beifall.

Mehr Zustimmung fand die Forderung einer engagierten Jungliteratin aus dem Osten. Sie wollte gleich das gesamte Parlament zum Teufel jagen. Einen Aktionsplan hatte sie auch zur Hand. Der war nicht ohne Witz. „Wir müssen völlig neue Proteststrategien entwickeln", erläuterte sie. „Es gibt nämlich auch einen Reformstau, was unseren Widerstand gegen den Staat betrifft. Stellen wir uns einmal vor, wir organisieren eine Lachparade!", schlug sie vor. „Ich meine das ganz ernst: Hunderttausende marschieren vors Parlament, und alle lachen da aus vollem Hals. Etwa eine Stunde lang. Das Volk lacht seine Politiker einfach aus. Keine Transparente und so, keine Autoreifen anzünden. Keine Farbbeutel. Nichts davon. Nur lachen. Gewaltfrei lachen. Kollektiv ausgelacht zu werden, das würden unsere Volksvertreter nicht aushalten. Wir hätten die Figuren ratzfatz weggelacht. Eine irre Lachnummer, oder?" Lange anhaltendes, schallendes Gelächter im Studio. Damit klang die Sendung aus.

Anja hatte das alles gut durchgestanden, war auf nette Weise unbedeutend und sympathisch gewesen und hatte sich mit der viel beachteten Erklärung geoutet, Denis echt zu lieben, obwohl es noch keinen Sex mit ihm gegeben habe. „Wir haben uns zunächst für eine Nullrunde entschieden", gestand sie ihrem amüsierten Publikum.

Auf jeden Fall sollte es längst, wie Linda am nächsten Tag verbreiten ließ, eine erste gemeinsame Nacht gegeben haben. In der Tat wohl ohne Sex, aber super harmonisch. Beide ganz allein mit ihrer Liebe, ihren Träumen, mit Champagner und bündelweise roten Rosen. Im besten Hotel der Stadt. Zuvor habe sich Denis von Olgina getrennt. Angeblich. Offiziell.

Für immer! Trotz Olginas Schwangerschaft, *zu der er nach wie vor total stehe*, wie es hieß.

„Er trennte sich aus tiefer Liebe zu der Neuen", ließ Denis' Agent verlauten. „Denn echte Zuneigung ist immer die stärkere Kraft. Für seine Kinder wird der Star selbstverständlich ein guter Vater sein!"

Wie auch immer. Ungewiß blieb, ob es überhaupt eine Liebesnacht im Hotel gegeben hatte. Mit oder ohne Sex. Jedenfalls überraschte ein Konkurrenzblatt mit der Botschaft: *Er war wunderbar und so zärtlich zu ihr! Er kam immer wieder ..."*

„Alles Lüge!", konterte denn auch Olgina mit einer eidesstattlichen Erklärung. „Ich habe die fragliche Nacht mit Denis auf dem Land verbracht. Es war wie immer zwischen uns. Sogar noch viel schöner als sonst!"

Denis dagegen äußerte sich am Tag darauf eher vage. „Klar", gestand er, „daß Olgina und ich eine Krise haben. Das mit Anja ist echt cool, aber was heißt das schon? Liebe? Es gibt zur Zeit keine gemeinsamen Pläne. Jetzt geht es für mich darum, das Open in Wimbledon zu gewinnen! Privates hat Zeit."

Schlammschlacht der Schlagzeilen! Die gesamte Presse, auch die internationale, mischte kräftig mit. Es wurde spekuliert, behauptet, unterstellt, gelogen, verleumdet, dementiert. So blieb zunächst alles im Ungewissen, wurde täglich ungewisser, unwahrscheinlicher, wie einst das Ungeheuer von Loch Ness. Bis zuletzt alles abglitt ins Virtuelle, Absurde.

Panne und Linda konnten jedenfalls vorerst sehr zufrieden sein. Der Verleger ohnehin. Denn trotz schwieriger Zeiten machte die Auflage seines Blattes einen erfreulichen Sprung nach oben.

Sonntag. Das Halbfinale war für den späten Nachmittag angesetzt. Es hieß, Denis würde auf einen extrem starken Gegner treffen. Um die Chancen des nervlich angeschlagenen Publikumslieblings stand es nicht gut. Am Morgen der Begegnung saß Anja in ihrem Apartment, blätterte in Zeitungen der letzten Tage und war sich fast sicher, es geschafft zu haben. Was geschafft? Endlich berühmt sein? Aufsteigen ganz nach oben? Nie wieder abstürzen? Nie wieder ...

Schlagzeilen können nicht lügen, dachte Anja. Und Wahrheiten dieser Art gab es ja mehr als genug. Überall im Zimmer lagen sie herum, diese Wahrheiten. Alles sehr beruhigend, wenn da nicht diese aktuelle Sonntagszeitung gewesen wäre, die sie wenige Minuten zuvor vom Kiosk um die Ecke geholt hatte. *AUS UND VORBEI!* stand da über einem Foto von Anja und Denis. Der Star, hieß es unter anderem, habe sich in eine Softeisverkäuferin aus Martinique verliebt. *Sie ist ganz anders als die Anderen,* wurde Denis zitiert. Und so weiter.

In Anja kochte die Wut. Sie versuchte, Denis übers Handy zu erreichen: *The person you are calling, is not available ...*

Sie versuchte es bei Linda: *The person you are calling, ...*

Sie ging zum Kühlschrank, entkorkte eine Flasche Prosecco, danach eine weitere und schließlich eine dritte. Am nächsten Morgen erwachte sie, auf dem Teppichboden zusammengekauert, zwischen angetrocknetem Erbrochenen.

Linda kam. „Er hat verloren", sagte sie trocken. „Du bist sicherlich informiert."

124

„Nein", antwortete Anja. „Ich weiß nur, daß er eine Softeisverkäuferin liebt. Dieses Schwein!"

„Mag sein, Baby." Linda versuchte, beruhigend zu wirken. „Klar ist wohl, daß er morgen abreist. Nach London. Wir haben eine letzte Chance. Heute Abend. Die muß genutzt werden."

„Ich sehe das nicht. Will ich auch gar nicht. Eigentlich war er mir immer echt widerlich ..."

„Schwamm drüber! Laß ihn abreisen, es sollte ohnehin nur eine Episode sein, nicht mehr. Trotzdem meine ich", Linda zögerte einen Moment, „du solltest schnell noch schwanger von ihm werden."

„Wie, schnell noch schwanger werden? Ausgerechnet von dem? Und warum? Und wie?"

„Alles der Reihe nach! Sieh mal her", Linda zog eine Skizze aus ihrer Tasche. „Sein Hotelzimmer liegt im achten Stock, hier, direkt neben einem kleinen Raum, wo *Nur für Personal* an der Tür steht. Das ist eine Art Besenkammer. Da versteckst du dich ab 20 Uhr. Hast dein Handy dabei und kaum Klamotten auf dem Leib. Und nun paß gut auf: Denis gibt einen Presseempfang unten in der Bar, ich bin natürlich dabei. Wenn da Schluß ist, wird er zu Olgina aufs Zimmer müssen, weil die pausenlos Migräne hat. Sobald er zum Fahrstuhl geht, schicke ich dir eine SMS. Na ja, den Rest überlasse ich deiner Phantasie ..."

„Habe keine."

„Mein Gott! Wenn Denis bei dir vorbeikommt, ziehst du ihn einfach in die Besenkammer. Bist ein bißchen hysterisch, tust verliebt und geil. Und ab geht die Post! Einen Lusthappen, so nebenbei zum Vernaschen, wird er nicht ausschlagen."

„Und wenn er will aber nicht kann?"

„Auch daran habe ich gedacht." Linda zog Anja dicht zu sich heran. Eher flüsternd erklärte sie ihr ausführlich, wie sie in diesem Fall vorzugehen habe. „So geht es auch. Kapiert, mein Schatz?"

„Kommt mir nicht auf den Tisch!", kommentierte Anja den Plan. „Widerlich, das wäre eine Art Samenraub. Das kannst du gleich knicken! Der haut mit 'ner Softeisverkäuferin ab, und ich bin die Blamierte mit 'nem dicken Bauch? Nee!"

„Uns beiden konnte überhaupt nichts Besseres passieren. Wir ziehen das Ding weiter durch. Ich habe für Monate eine Exklusivgeschichte und du, da bin ich mir sicher, wirst mit mindestens 10 Millionen abgefunden. Hast dann für immer ausgesorgt. Du mußt endlich mal an dich denken. Bist nicht mehr ganz jung und hast keinen Beruf. Noch Fragen, mein Schatz?"

„Ich will kein Kind von diesem Typen, den ich nicht einmal liebe!"

„Du wirst es machen, da bin ich mir sicher! Für 10 Millionen tut der Mensch alles. Manche morden für ein paar Hunderter, warum willst du zum Kurs von Millionen kein Kind kriegen? Schneide dir ein großes Stück vom Glückskuchen ab. Die Chance ist da, sie kommt nie wieder. Willst du etwa in der Mittelmäßigkeit einer Durchschnittsehe enden? Mit *Aldi-Taschen* und einem überzogenen Girokonto? Mit 'ner Biotonne und einem Opel vor der Tür? Mit Billigflügen nach Mallorca? Was gibt es da zu überlegen? Wenn du nicht total weltfremd bist, wirst du es tun!" Linda kramte ein Bündel Euroscheine aus ihrer Handtasche, warf es auf den Tisch und ging.

Zwei Wochen später, morgens. Anja stand am Fenster, der Tag blickte sie aus trüben Augen an. Sie sah einem aufsteigenden Jet hinterher, bis er im Dunstschleier über der Stadt verschwand. Der muß auch wieder runter, dachte sie. Griff dann zum Handy, um ihre Mutter anzurufen. Zum ersten Mal seit Monaten. Sie wollte ihr sagen, was Linda bereits wußte: daß sie schwanger war. Daraus wurde nichts. *Dieser Anschluß ist vorübergehend nicht erreichbar ...*

Sie versuchte es danach bei Linda, die sofort am Apparat war. „Ich werde mir das Leben nehmen, ciao!" sagte Anja ohne Emotionen.

„Bist du völlig von Sinnen?", schrie Linda. „Ist dir eigentlich klar, daß du ein ungeborenes Leben töten würdest? Dazu hast du kein Recht!"

„Du irrst. Das habe ich gerade noch!"

Anja legte auf, bestelle ein Taxi und ließ sich zum Verlag fahren. Mit dem Fahrstuhl gelangte sie zum obersten Stockwerk, von dort aus führte eine Treppe zum Dach. Die Tür davor war unverschlossen. Anja stieg hinauf, ging langsam zum Rand des Gebäudes und sprang.

Linda und Panne standen am Fenster um die Lage zu diskutieren, als draußen ein Etwas mit weit ausgestreckten Armen nach unten stürzte. Arme wie Flügel. Das kann nur Anja gewesen sein, dachte Linda. Also hat sie es doch getan. Stumm blickte sie ihren Kollegen an. Panne nickte.

„Wir müssen sofort einen Fotografen nach unten schicken", sagte Linda.

„Du bist ein Ungeheuer", sagte Panne.

„Ich weiß", antwortete sie. „Aber es war ihr Ding. Sie konnte leider nicht fliegen."

Commissario Benedettis vierter Fall

Erpresser wollen den italienischen Staat um 150 Millionen Euro erleichtern. Ihre Geisel heißt Venedig! Sie ist kostbar und verletzlich. Täglich fahren Tanker durch die Lagune. Unvorstellbar, wenn eines dieser Schiffe durch Sabotage leck schlagen würde ...
Commissario Benedetti, nicht offiziell mit der Aufklärung dieses Falls betraut, ermittelt auf eigene Faust. Sein Ziel: die Erpresser am schwächsten Punkt ihres Plans zu packen, bei der Geldübergabe. Verzweifelt sucht er nach einer geheimnisvollen Frau. Über sie könnte die Spur zu den Gangstern führen.
Umberto Bellini: *Arrivederci Venezia,* Taschenbuch, Verlag Bastei-Lübbe, € 7,90